CONTE verlag

Ich sah des Sommers letzte Rose stehn,
Sie war, als ob sie bluten könne, rot;
Da sprach ich schaudernd im Vorübergehn:
So weit im Leben, ist zu nah am Tod!
Friedrich Hebbel

And make our faces vizards to our hearts.
(Mach unsre Mienen zu Masken für unsre Herzen).
William Shakespeare, Macbeth, Akt III, Szene 2

Kapitel 1 | Rosen und Dornen (Sommer 2005)

Anna Gontard saß am Fenster ihres gemütlichen Zimmerchens und schaute auf den benachbarten Garten hinaus. An der von grellem Sonnenlicht beschienenen weißgekalkten Wand des Geräteschuppens blühte ein Rosenstrauch lachsfarben und üppig. Die Nachbarn selbst kamen nie in den vollen Genuss dieser Blütenpracht, die jedes Jahr im Juni Annas Herz erfreute.

Immer wieder aufs Neue erinnerte sie dieser Rosenbusch an das Gemälde von einem ihrer Lieblingsmaler, dem Präraffaeliten John William Waterhouse. Vor ihrem geistigen Auge verwandelte sich die gleißend helle Wand gegenüber ihrem Fenster in eine mediterrane Ziegelmauer, hinter der eine Galerie mit Rundbögen zu erahnen war. Eine römische Villa? Eine junge Frau, im Profil dargestellt und im türkisfarbenen Musselingewand, golddurchwirkt und fließend, sog genüsslich und mit halb geschlossenen Augen den Duft einer der lachsfarbenen Rosen ein, die sie mit der rechten Hand zart berührte. Mit ihrer Linken stützte sie sich leicht an der mit Rosen bewachsenen Ziegelwand ab. Es war vor allem das Gesicht der Dargestellten, das Anna auswendig kannte, denn oft konnte man das Gemälde auf Karten und in Kalendern und Kunstbüchern bestaunen. Die ehemalige Kunstlehrerin Anna hatte außerdem dieses Gemälde unzählige Male mit ihren Schülern besprochen, wenn die Epoche des Jugendstils und der Präraffaeliten im Lehrplan stand.

Ganz hingegeben an den Duft und an die Schönheit der Rose schien die junge Frau mit dem klassischen Profil, dem schlanken

Hals und dem im Nacken elegant verschlungenen tizianroten Haar, geschmückt mit einem Perlenband. Der Zypressenbaum hinter der Mauer verstärkte den Eindruck einer mediterranen Szenerie, und doch schweiften Annas Gedanken unwillkürlich ab von Italien oder Griechenland hin ins kühlere England.

Lag es an der jungen Frau auf dem Gemälde von Waterhouse, die sie an die englische Schriftstellerin Virginia Woolf erinnerte? Oder assoziierte Anna in ihrer Fantasie die üppige Rosenhecke, die sich an der Wand hochrankte, mit den wunderschönen Parks Großbritanniens? Der Garten von Sissinghurst Castle kam Anna in den Sinn, ihr erkorener Lieblingspark in der südenglischen Grafschaft Kent. Vita Sackville-West, die Freundin der Schriftstellerin Virginia Woolf, berühmter als sie selbst, hatte diesen Park zu einem wahren Zaubergarten gestaltet. Einmal, vor vielen Jahren, war Anna dort gewesen, und gerne hätte sie ihrem Mann Sissinghurst gezeigt, doch es hatte sich nie ergeben.

Friedrich Gontard gab Frankreich als Urlaubsland den Vorzug, was, wie Anna vermutete, nicht zuletzt mit seiner Loyalität seinen hugenottischen Vorfahren gegenüber zu tun hatte, wohl aber auch mit der französischen Lebensart, dem Savoir-vivre, dem Klima und den Essgewohnheiten. Und nun würden sie bald wieder nach Südfrankreich aufbrechen und für zwei Wochen den Odenwald und die Gartenarbeit hinter sich lassen.

Und es war höchste Zeit für das, was man Tapetenwechsel nennt. Anna machte sich in letzter Zeit Sorgen um ihren Mann. Friedrich klagte gelegentlich über Herzbeklemmungen, aber ärztliche Tests waren ohne klaren klinischen Befund geblieben.

Er hat Belamis Tod immer noch nicht verkraftet, dachte Anna, während ihr Blick auf dem nachbarlichen Rosenbusch ruhte, der in der Abendsonne seine volle Schönheit entfaltete. Die imaginäre Frau mit dem tizianroten Haar, dem Perlenschmuck und dem golddurchwirkten türkisfarbenen Gewand war verschwunden. Anna erwachte allmählich aus ihrem Tagtraum.

Belami, der treue Setter mit dem seidigen nussbraunen Fell, war nun schon seit einem Jahr tot, und Friedrich schien ihm immer noch nachzutrauern. An gutgemeinten Ratschlägen im Bekanntenkreis fehlte es nicht, zum Beispiel sollte ein neuer Hund angeschafft werden, aber Friedrich reagierte mit Schweigen. Gut, dass die Liebe zu den Antiquitäten ihn ablenkte. Doch kam er von einer Kunstauktion nach Hause, schien er die ungestüme freudige Begrüßung durch den geliebten Vierbeiner schmerzlich zu vermissen. Anna bemerkte die stille Qual ihres Mannes an kleinen Anzeichen: dem Zögern, wenn er vermeiden wollte, Belami, dessen Lieblingsplatz unter dem großen Eichentisch mit dem Fußsteg gewesen war, versehentlich auf die Pfoten zu treten; der Weigerung, den »Belami-Altar« endlich abzuräumen, wie Anna den kleinen runden Marmortisch nannte, auf dem ein Foto des alten treuen Hundes stand, davor ein Teelicht, das mindestens einmal in der Woche angezündet wurde, und eine Vase mit frischen Blumen, umkränzt mit einer Bernsteinkette, die Belami vor Zecken geschützt hatte. Dann die Unruhe, die Friedrich Gontard jeden Mittag gegen 14 Uhr befiel, Belamis klassischer Gassi-Geh-Zeit, und das Bestreben ihres Mannes, sich gerade um diese Zeit Ablenkung zu verschaffen, meist durch eine Fahrt zu einer Antiquitätenauktion.

»Das ist ja krank«, hatte einmal ein Bekannter beim Anblick des »Belami-Altars« ausgerufen. Und die »übertriebene Tierliebe« des Hausherrn hatte er, ein selbsternannter frommer Christ, als Blasphemie bezeichnet. Wie konnte man für einen Hund eine Kerze anzünden? Und außerdem, Friedrich war doch immerhin ein pensionierter Kripochef, da musste sich eine solche Art von Verweichlichung von selbst verbieten. Ja, dachte Anna, nur Tierfreunde können nachvollziehen, dass ein erwachsener Mann, der jahrzehntelang mit schlimmen Verbrechen und vielen Todesarten der grässlichsten Art konfrontiert gewesen war, einem alten Hund so nachtrauern kann.

Annas Gedanken schweiften unwillkürlich zu einem Verbrechen hin, das die Menschen der Region in atemlosen Schrecken versetzt hatte. Nicht weit von Hohenkirch, mitten im idyllischen Odenwald und in einer Nachbargemeinde, hatte sich eine Familientragödie abgespielt, die fast beispiellos in der Geschichte der Verbrechen war. Ein über viele Jahre erfolgreiches und wohlhabendes Ärztepaar hatte über seine Verhältnisse gelebt, dann die gemeinsame Praxis schließen müssen und sollte nun im Zuge eines Insolvenzverfahrens Haus und Hab und Gut verlieren. Am Abend vor der festgesetzten Zwangsvollstreckung hatte der Mann, ein Herzchirurg, seine beiden Kinder, einen neunjährigen Jungen und ein zwölfjähriges Mädchen, auf bestialische Art und Weise getötet. Von »zahlreichen Hieb- und Stichverletzungen« schrieb die Presse. Genaues würde man im Laufe des Prozesses erfahren, der demnächst beginnen sollte. Dabei würde sich dann auch herausstellen, inwieweit die Mutter der Kinder, eine Anästhesistin, an dem Verbrechen beteiligt gewesen war, ob sie Mitwisserin oder gar Mittäterin war. Die Presse hatte ein Interview mit der Gerichtspsychologin freigegeben, worin die Psyche des mörderischen Elternpaars folgendermaßen beschrieben wurde: Der Mann verfüge über ein »hohes Maß an Empathielosigkeit und überzogenem Narzissmus«. Er sei »fokussiert auf materiellen Erwerb« und habe bei der Festnahme weder Erschütterung noch Trauer noch Reue bekundet. Auch die Ehefrau soll bei der Festnahme »große emotionale Neutralität« gezeigt haben. Das Elternpaar wollte sich nach dem Verbrechen angeblich bei laufendem Motor in der Garage das Leben nehmen, doch die Tatsache, dass der Wagen einen Katalysator gehabt habe, ließ Zweifel an der Suizidabsicht der beiden aufkommen. Das Mörderpaar musste gewusst haben, dass man sich so nicht hätte umbringen können.

Anna wollte sich eigentlich nicht vorstellen, auf welch entsetzliche Art die Kinder umgekommen waren, doch gerade das Ungenaue der Informationen ließ der Fantasie einen großen Spielraum.

Sie war keine Weltmeisterin im Verdrängen, und so spielten sich in ihrer Fantasie immer wieder Szenen ab, die sie gerne ausgelöscht hätte. Kein Krimiautor hätte sich ein grausigeres Verbrechen ausdenken können, und dieses hier war Realität: Tatort Familie.

»Man bräuchte einen Knopf zum Ausschalten, um die Bilder aus dem Kopf zu verjagen«, hatte sie erst gestern zu Friedrich Gontard gesagt, der wie sie selbst und wie wohl viele andere Menschen angesichts dieses Verbrechens fassungslos war.

»Die Verbrechen machen auch vor Idyllen nicht halt, das wissen wir doch mittlerweile«, hatte Friedrich geantwortet. Jahrzehntelange Arbeit bei der Kripo hatte ihn dies gelehrt, aber das grausame Geschehen im nahen Odenwalddorf war tatsächlich beispiellos.

Die Abendsonne hüllte nun die Szenerie in silbriges, fast überirdisches Licht. Die Rosenblätter zitterten wie dünnes Metall, vom soeben aufkommenden Wind leicht in Bewegung gebracht. Die Silhouette des bewaldeten Bergrückens in der Ferne, hinter welchem, wie Anna wusste, sich die Ebene der Bergstraße erstreckte, schien im Licht der Abendsonne zu verschwimmen.

Annas Gedanken gingen wider ihren Willen von der Schönheit dieses Augenblicks zu jenem schrecklichen Geschehen zurück, das die anscheinend so friedvolle Region erschüttert hatte. Die beiden waren doch Ärzte, dachte Anna. Hätte man die Kinder, so schlimm das Verbrechen in jedem Fall war, nicht wenigstens auf sanfte Art töten können? Bevor Anna sich weiter mit der Frage beschäftigen konnte, hörte sie das Auto ihres Mannes in der unteren Einfahrt.

Friedrich Gontard war von seiner Antiquitätenauktion heimgekommen. Sie ging ins Wohnzimmer hinüber und trat auf die Terrasse hinaus. Er stand am kleinen weißen Marmorengel im unteren Garten, wo Belami begraben lag. Er bemerkte Anna, und er blickte zu ihr hinauf. Als sei es ihm peinlich, dass sie ihn ertappt hatte, ging er schnell die Treppe zur Terrasse hoch.

»Freust du dich auf Frankreich?«, fragte er Anna und gab ihr einen Kuss auf die Wange. »Es wird Zeit für etwas Veränderung.«

»Ja, schön«, erwiderte sie. »Aber eigentlich ist es gerade jetzt im Juni hier bei uns besonders schön. Guck mal, der Jasminbusch hat noch nie so üppig geblüht wie dieses Jahr. Und die Weigelien und die Fingerhüte.«

Und die Rosen im Nachbarsgarten, dachte sie, sprach es aber nicht aus. Ehrlich gestanden wäre sie lieber nach England gefahren dieses Jahr. Nach Kent, in den Park von Sissinghurst. Oder nach Wales. Oder nach Yorkshire.

»Ich mach uns einen englischen Tee«, sagte sie. »Typhoo.«

Das ist beinahe wie in England zu sein, dachte Anna. Aber nur beinahe.

»War die Auktion erfolgreich?«, fragte Anna beim Abendessen. »Hast du was Nettes ergattern können?«

Statt einer Antwort ging Friedrich Gontard zum halbrunden Tisch unter dem großen Bücherregal, wo er etwas Eingewickeltes abgelegt hatte. Er legte das Paket neben Annas Teller.

»Vorsichtig auspacken, es ist aus Steingut. Es sind zwei Teile«, sagte Friedrich Gontard.

»Oh, ein Hundepärchen: zwei King Charles Spaniels«, rief Anna beim Anblick der schwarz-weißen Steinguthunde mit Lockenohren, gegeneinander sitzend, aus. Sie schauten ziemlich arrogant nach oben. Sehr aristokratisch.

»Staffordshire-Steingut«, erklärte Friedrich, der Antiquitätenexperte.

Ein Ersatz, dachte Anna, ein Ersatz für Belami? Wohl kaum.

»Ich weiß auch schon einen Platz auf der Fensterbank«, sagte Friedrich.

»Die Hunde müssen nach draußen blicken, sie dürfen den Besuchern nicht den Rücken kehren«, meinte Anna. »Das gilt als unhöflich in England.«

Das weiß ich von Belinda, erinnerte sie sich. Was wohl aus Belinda geworden war? Sie verdrängte den Gedanken und trank ihren Typhoo-Tee aus.

Nun würde erst mal Frankreich auf dem Programm stehen, das geliebte Ferienland ihres Mannes, der tatsächlich Ablenkung gut gebrauchen konnte. Seufzend nahm sie die beiden King Charles-Hunde und platzierte sie auf der Fensterbank, mit Blick nach draußen. Sie kehrten ihr aristokratisch und schnöde den Rücken zu, und sie musste lachen.

Vorm Zubettgehen suchte Anna in ihrem Bücherregal nach einer Lektüre, und ihr Blick fiel auf den Titel des Buches, das sie schon lange hatte lesen wollen: *The Edwardians* von Vita Sackville-West.

Anna las im Ruhestand häufiger Bücher auf Englisch als auf Deutsch. »Um in Übung zu bleiben, und wo wir doch immer in Frankreich Urlaub machen«, sagte sie dann nicht ohne einen leichten vorwurfsvollen Unterton. »Das Englische ist doch eigentlich mein Element. Lesen als Ersatz.«

Wozu muss der Mensch reisen, wenn er Fantasie hat, hatte das nicht der wunderbare Schriftsteller Robert Walser einmal gesagt? Anna schnappte sich das hübsch gestaltete englische Buch und machte es sich in ihren weichen Kissen gemütlich.

Kapitel 2 | Eine Überraschung

Die Vorzeichen standen, ohne dass Anna es ahnte, eher auf England als Frankreich.

Können Wunschgedanken die Realität beeinflussen? Zuviel Mystik wollte Anna den folgenden Ereignissen nicht beimessen, aber es ist nicht zu leugnen, dass es so etwas wie die Magie des Alltäglichen gibt, dass Pläne in eine andere Richtung gehen können, und zwar im Negativen wie im Positiven. In diesem Fall waren es die Pläne, die von Unerwartetem durchkreuzt wurden, wobei es sich nicht sagen ließ, ob man das Unerwartete positiv oder negativ bewerten sollte.

Anna kam vom Einkaufen zurück, und sie schleppte einen schweren Korb und eine Tasche von der Garage zur Eingangstür. Dabei fiel ihr Blick auf den Briefkasten, der fast überquoll. Sie hatte tatsächlich vergessen, die Post von zwei Tagen herauszunehmen. Sie räumte die Einkäufe weg und widmete sich der vergessenen Post: Rechnungen, Werbung, noch mal Rechnungen, eine Mahnung, Bettelbriefe von verschiedenen karitativen Einrichtungen. Je mehr man spendet, desto mehr wird man angeschrieben, dachte Anna. Da waren eine Urlaubskarte aus Andalusien und ein Brief. Eine englische Briefmarke, eine typisch englische Handschrift. Kein Absender, wie fast immer bei Briefen aus England.

Anna war neugierig geworden. Ihre Freundin aus Sheffield konnte die Adressatin nicht sein, auch nicht die aus Stafford oder die aus Leeds. Sie hatte mit allen dreien erst vor wenigen Tagen telefoniert. Jane, Vanessa und Judith hätten Briefe erwähnt, wenn diese unterwegs gewesen wären. In fieberhafter Eile öffnete Anna den Brief, wobei sie den Umschlag ungeduldig aufriss. Es war ein langer Doppelbrief.

Der Briefkopf lautete

Laburnum House 23/5/2005

Der Brief war auf Umwegen angekommen, kein Wunder, die Postleitzahl von Hohenkirch war falsch angegeben.

Laburnum House? Laburnum: Goldregen. Natürlich. Das Bild eines riesigen Goldregenbuschs, nein, eines Baums aus goldenen, kaskadenartig herabfallenden Blüten, stand plötzlich in plastischer Deutlichkeit vor Annas Augen. Laburnum House, Churchfield, Kent ergänzte sie die Zeilen am Briefkopf. Einmal war sie dort gewesen, in dem Dörfchen südwestlich von Canterbury, nicht weit von Sissinghurst Castle.

Belinda. Habe ich nicht gestern erst an Belinda gedacht, mich gefragt, was wohl aus ihr geworden ist?

Wie kommt Belinda dazu, mir nach all den Jahren zu schreiben? Nach all den Jahren der Entfremdung, des Abbruchs der Freundschaft?

Mit zittrigen Händen drehte Anna den Brief, um Gewissheit zu haben. Ja, das war Belindas Handschrift, der Freundin aus der Heidelberger Studienzeit. Wie viele Jahre mochten vergangen sein, seit ...?

Aber ja, es war doch im Jahr 1982 gewesen, kurz nach dem Falklandkrieg, jenem kurzen Krieg, den England gegen Argentinien führte und wo es um die Falklandinseln ging. Das Missverständnis, Belindas Mann Roderick, der sich von den Gontards getadelt gefühlt hatte, in seiner Ehre als Engländer gekränkt. Damals, als Anna und Friedrich Gontard mit der kleinen Tochter Lilli, neun Jahre alt wie Emma, die Tochter von Belinda und Roderick Charlton, zu Besuch waren im idyllischen Dörfchen Churchfield, in dem großherrschaftlichen Haus im spätviktorianischen Stil. Das Haus mit einem imposanten Goldregenbusch, wie die Gontards ihn nie zuvor gesehen hatten.

Alles stand so deutlich vor Annas Augen: die harmonische Woche mit Belinda, Roderick und Emma. Die beiden Familien, die Ausflüge machten nach Canterbury, einmal an die Küste ins malerische Städtchen Rye, nach Knole in das riesige Herrenhaus aus dem 17. Jahrhundert, das so viele Zimmer hatte wie das Jahr Tage. Ja, erinnerte sich Anna. Knole, den vielgeliebten Geburtsort von Vita Sackville-West haben wir damals besucht, aber zur Besichtigung des berühmten Parks der Schriftstellerin ganz in der Nähe von Churchfield kam es dann nicht mehr, obwohl ein Ausflug geplant war. Ein Streit kam dazwischen. Dieser verflixte Falklandkrieg. Die eine oder andere übertrieben patriotische Bemerkung von Roderick Charlton hatte schon die Tage zuvor das harmonische Beisammensein getrübt, und dann kam die Eskalation. Die Debatte um das unnötige Blutvergießen, und »das alles wegen ein paar Schafen auf einer Insel am Ende der Welt« wie Friedrich Gontard sich ausgedrückt hatte, das Wort »Chauvinismus«, das in diesem Zusammenhang gefallen war. Friedrich Gontards Hinweis darauf, dass er selbst Soldat gewesen war und um das Elend von Krieg und Gewalt wusste. Rodericks Ausrasten und sein cholerisches, boshaftes Kontern, das ihn ausrufen ließ, Friedrich sei doch auch so ein »Nazisoldat« gewesen, dafür gäbe es keine Entschuldigung. Friedrichs vergebliches Beteuern, er selbst sei ja Opfer gewesen, ein Kindersoldat, wider Willen in eine Uniform gesteckt, als Kanonenfutter missbraucht und zum Töten gedrillt! Rodericks Gebrüll, der Versuch Belindas, ihren erbosten Ehemann zu beruhigen. Der Rausschmiss. Ja, ein Rausschmiss war es gewesen, nicht mehr und nicht weniger. Roderick gab überdeutlich zu verstehen, dass er wünsche, die verdammten Deutschen mögen ihre Koffer packen, und dann verließ er wutschnaubend den Raum. Belinda und Anna waren sich weinend um den Hals gefallen, und sie versprachen am nächsten Morgen, bevor die Gontards mit der verstört wirkenden Lilli abreisten, man wolle in Kontakt bleiben, telefonieren, schreiben. Roderick würde sich beruhigen, die Wogen würden sich glätten im Lauf der Zeit und die lange bestehende Freundschaft solle doch um Himmels willen nicht wegen eines dummen Missverständnisses und einiger, in der Hitze der Debatte unbedacht ausgesprochener Worte zerstört werden.

Doch es gab keinen Brief, kein Telefonat, kein Zeichen der Versöhnung. Und Anna und Friedrich Gontard vergaßen allmählich, dass es je diese englischen Freunde in Churchfield, Kent gegeben hatte.

Andere Freundschaften wurden gehegt und gepflegt. Zu tief waren die Verletzungen gewesen, die man sich damals verbal zugefügt hatte, im Jahr 1982, dem Jahr des Falklandkriegs. Und nun, nach 23 Jahren des Schweigens, der Brief von Belinda Charlton, Annas verschollener, vergessener Jugendfreundin.

»Liebe Anna«, stand da zu lesen, und für einen kurzen Moment rätselte die Leserin, weshalb der Brief auf Deutsch geschrieben war. Doch dann kam die Erinnerung an alles zurück. Belinda und Anna hatten sich in Heidelberg kennengelernt, Belinda als Germanistikstudentin, Anna als Studentin der Anglistik. Eine Zufallsbegegnung in der Mensa, Sympathie auf den ersten Blick. Man suchte den gegenseitigen Kontakt, es gab gemeinsame Unternehmungen. Discobesuche, Ausflüge ins Neckartal. Dilsberg, Hirschhorn, Neckarsteinach mit den vier Burgen. Man unterhielt sich jeweils auf Deutsch oder auf Englisch, beide profitierten davon auch fachlich und fürs Studium. Belindas akzentfreies fließendes Deutsch, ungewöhnlich für eine Engländerin, war darauf zurückzuführen, dass sie einen deutschen Vater hatte. Ein ehemaliger Kriegsgefangener, ein *prisoner of war*. Einer der vielen POWs, wie die Engländer sie nannten, die nach dem Krieg in Großbritannien hängengeblieben waren. Diese deutschen Soldaten wurden meist in der Landwirtschaft eingesetzt, viele verliebten sich in englische Mädchen, wie auch Belindas Vater, Wilhelm Schneider, sich in eine Engländerin verliebt hatte. Wilhelm Schneider änderte seinen deutschen Namen der Integration wegen bald in den englischen Namen William Taylor um.

»Es war hinderlich genug, einen deutschen Akzent zu haben. Da musste ich nicht auch noch meinen deutschen Familiennamen behalten«, hatte er einmal zu Anna gesagt, als sie zu Belindas Hochzeit nach England kam. Belinda war etwas jünger als Anna. Sie kehrte 1963 Heidelberg den Rücken, um in Cambridge weiter zu studieren. Dort lernte sie Roderick Charlton kennen und heiratete ihn noch vor ihrem Examen. Ein netter Mann, Belindas Vater, erinnerte sich Anna. Ob er noch lebte? Tausend Gedanken und Erinnerungen überschlugen sich in Annas Kopf. Die englische Hochzeit 1964, zwei Jahre bevor sie Friedrich Gontard in Heidelberg kennenlernte. Dann im Jahr 1982 der unselige Streit, das Aus für die jahrelange Freundschaft. Doch nun drängte es Anna, den Brief zu lesen, der ihr vielleicht eine Antwort geben würde auf die vielen Fragen, die auf sie einstürzten und sie quälten.

Kapitel 3 | Belindas Brief

Liebe Anna,

wie viele Male habe ich schon einen Brief an dich angefangen und wieder zerrissen. Wie oft habe ich an uns und unsere Freundschaft gedacht und wie sehr habe ich bedauert, dass wir uns entzweit haben. Viel ist geschehen in den mehr als 20 Jahren, seit wir uns zum letzten Mal gesehen haben. Wir haben nach Emma noch eine Tochter bekommen, Virginia. Sie ist 1984 geboren, also nun 21 Jahre alt. Emma ist verheiratet und hat zwei Kinder, Oliver und Claire, acht und fünf Jahre alt. Habt ihr auch Enkelkinder? Roderick ist ein begeisterter Großvater. Er ist milder geworden und nachsichtiger. Doch manchmal kommt der cholerische Roderick von damals durch, du weißt, was ich meine. Der Grund meines Schreibens ist eigentlich, und das muss ich ehrlich gestehen, eine Bitte meines Vaters. Du hast ihn ja kennen gelernt damals auf unserer Hochzeit, als du als eine meiner Brautjungfern zum ersten Mal in England warst. Das war in London. Und später, 1982, hast du meinen Vater noch einmal getroffen, das war bei eurem Besuch in Churchfield und kurz vor dem Streit. Vater hat oft gesagt, es bedauert zu haben, dass er so bald wieder nach London abgereist war. Er hätte doch vermitteln können, denn er war genau wie dein Mann Friedrich ebenfalls ein deutscher Soldat gewesen im 2. Weltkrieg, und wie er ein Soldat wider Willen. Mein Vater wäre beinahe vors Kriegsgericht gestellt worden wegen Fahnenflucht, nur die Sympathie eines einflussreichen Offiziers hatte ihm damals das Leben gerettet. Sonst wäre er unweigerlich füsiliert worden. Ich weiß, dass auch dein Mann sehr gelitten hat in seiner Rolle als Hitlers Soldat, und mein Vater konnte sehr gut verstehen, weshalb Friedrich so heftig geworden war in seinem Plädoyer gegen Kriege. Und damit hatte er Roderick als Befürworter des britischen Falkland-Einsatzes in Rage gebracht. Die Bezeichnung »Nazi« für deinen Mann war wohl die schlimmste denkbare Beschimpfung. Und so ungerechtfertigt, wie ich weiß.

Wollen wir die Vergangenheit ruhen lassen. Zurück zu meinem Vater. Seit zwei Jahren wohnt er bei uns in Churchfield in Laburnum House, weil er in seinem Londoner Haus nicht mehr alleine zurechtkam. Mutter ist vor sieben Jahren in einem »Sanatorium« gestorben. Du weißt, dass Sanatorium im Englischen nicht die gleiche Bedeutung wie im Deutschen hat. Sie war in einer Psychiatrie, so schrecklich das klingen mag. Du erinnerst dich vielleicht, dass sich schon damals, 1964, Anzeichen einer Gemütskrankheit bei ihr einstellten? Vater ist all die vielen Jahre loyal meiner Mutter beigestanden. Er hat sie abgöttisch geliebt.

Doch bleiben wir bei Vaters Anliegen: Es geht ihm nicht gut, er hat neuerdings gesundheitliche Beschwerden verschiedener Art. Er weigert sich aber vehement, einen Arzt zu konsultieren. Aber er spricht in letzter Zeit immer häufiger von Deutschland, seiner Heimat, und er erwähnt häufig auch dich und deinen Mann. Und er bat mich, dir zu schreiben und euch einzuladen, nach Churchfield zu kommen. Den Streit mit Roderick zu vergessen, das Kriegsbeil zu begraben. Er möchte, dass wir uns versöhnen und die Freundschaft fortführen. Er habe nicht mehr viel Zeit, euer Besuch müsse bald geschehen. Und er sprach von einem Auftrag, den er für deinen Mann habe. Er sei doch Kriminologe, aber pensioniert und daher ein »inoffizieller Mensch«. Ich weiß nicht, was genau er damit meint. Vater bat mich, niemand etwas zu sagen, am allerwenigsten Roderick. Ich musste Vater sogar schwören, Stillschweigen zu bewahren. Roderick und Vater haben ein gespanntes Verhältnis zueinander. Es war eigentlich nie anders. Nun meine inständige Bitte:

Kommt sobald wie möglich nach Churchfield. Vater zuliebe, mir zuliebe und unserer alten Freundschaft zuliebe. Roderick ist noch nicht eingeweiht, aber ich werde ihn schon managen, auch wenn das nicht leicht sein wird. Vater wird bald 83 Jahre alt, er ist also im Alter deines Mannes, nur wenig älter. Werde ich mit euch rechnen können? Bitte gib mir bald Bescheid. Vielleicht werden Emma und Lilli ebenfalls wieder Kontakt aufnehmen miteinander, sie haben sich damals so gut verstanden als Kinder, sie waren wie zwei Schwestern. Ich erwarte voller Spannung deine Antwort.

Herzlichst deine Belinda.

Grüße Friedrich vielmals von mir und natürlich auch Lilli.

P.S. Bitte melde dich am besten telefonisch bei mir. Die Einladung ist kurzfristig, ich weiß, aber Vaters Wunsch kam so spontan. Ich möchte betonen, dass es sich nicht um die Laune eines alten dementen Mannes handelt. Vater ist im vollen Besitz seiner geistigen Kräfte, wenn auch nicht seiner körperlichen. Er hat wohl wirklich nicht mehr viel Zeit.

Meine Telefonnummer: 0033- (0)1223-155697.

Am besten, du rufst Montag, Mittwoch oder Freitag zwischen 18 Uhr und 23 Uhr an, da ist Roderick immer im Club.

Kapitel 4 | Argumente

Eine sehr nachdenkliche und innerlich aufgewühlte Anna Gontard las den Brief immer wieder. Bilder tauchten in ihrer Erinnerung auf, die sie längst vergessen, vielleicht auch verdrängt hatte. Verdrängt hatte sie bestimmt die Szene vor der abrupten Abreise damals im Jahr 1982, den durch nichts entschuldbaren Wutausbruch von Roderick Charlton, aber auch Friedrichs ungewohnt heftige Reaktion, dessen ausgleichende, auf Harmonie bedachte Art ansonsten allseits bekannt war.

Wo er wohl blieb? In diesem Moment fuhr der VW-Bus in die Einfahrt, und kurz darauf stand Friedrich im Wohnzimmer. Beim Anblick Annas rief er erschrocken aus: »Du bist ja ganz blass und zitterst? Was ist denn passiert?«

Wortlos reichte Anna ihrem Mann den Brief.

»Setz dich in deinen allergemütlichsten Sessel, du wirst es nötig haben«, riet sie ihm. »Ich mach uns mal wieder unser Lebenselixier. Einen englischen *Typhoo-Tea.* Und er ist auch noch stilgerecht passend zum Brief.«

Als sie mit dem Tablett aus der Küche zurückkam, war Friedrich Gontard immer noch beim Lesen. Anna stellte seine Lieblings-Riesentasse mit dem Motiv von Hund Gromit vor ihm ab. Sie vermutete, dass er den Brief wie sie auch mehrmals lesen würde, um den Inhalt gänzlich zu begreifen.

Anna goss den wundervoll duftenden, dunkelbraunen Tee ein, setzte sich ihrem Mann gegenüber hin, lehnte sich, um Lässigkeit bemüht, langsam zurück und wartete geduldig.

»Nach all den Jahren des Schweigens ein solcher Brief«, sagte Gontard. »Du wirst doch hoffentlich nicht darauf antworten, Anna, oder doch?«

Es war eine rhetorische Frage, in der ein leiser Zweifel mitschwang.

Anna wusste, dass die Entscheidung keine leichte sein würde. Auf jeden Fall würden beide, wie immer sie auch ausfiel, zu der Entscheidung stehen müssen. Ob sie wirklich so viel Einfluss hatte auf ihn?

»Kannst du dir vorstellen, dass wir nach Churchfield fahren, in ein Haus, aus dem man uns vor vielen Jahren gejagt hat?«

»Es war nicht Belinda, sondern Roderick, und schon gar nicht Belindas Vater«, gab Anna zu bedenken. »Erinnere dich doch: Belinda versuchte zu vermitteln, und ihr Vater, den du selbst so sympathisch gefunden hast, hat alles getan, um seinen cholerischen Schwiegersohn zu besänftigen. Hinterher. Bei dem Disput selbst war er ja nicht dabei.«

»Aber du kannst doch nicht nach Churchfield reisen wollen, obwohl der Hausherr nichts von unserem Besuch weiß? Belinda sagt zwar, sie könne ihren Mann händeln, aber ich bezweifle, ob sie wirklich so viel Einfluss auf ihn hat.«

»Mir erschien Belinda als die Stärkere von den beiden. Schon 1964, als ich bei der Hochzeit dabei war, habe ich das so empfunden. Obwohl …«

Anna brach mitten im Satz ab, wusste nicht mehr, was sie sagen wollte. Etwas schien sie zu quälen. Erinnerungen?

Dann besann sie sich und fuhr fort: »Du hast doch Belinda einmal eine Powerfrau genannt und Roderick im Vergleich zu ihr einen kleinen cholerischen Schulbub.«

»Aber die kleinen cholerischen Schulbuben können ganz schön viel Unheil anrichten. Das beweisen die Choleriker der Geschichte … Nero, Napoleon …«

»Nenne nicht auch noch Hitler, den Teppichbeißer«, protestierte

Anna. »Soweit musst du nun nicht gehen. Ich weiß, du siehst rot bei dem Thema, eine Eigenschaft, die du mit den Cholerikern der Geschichte zu teilen scheinst.«

Friedrich Gontard wusste daraufhin nichts zu sagen, denn insgeheim musste er seiner Frau ein wenig Recht geben.

Das Ehepaar Gontard schwieg eine ganze Weile vor sich hin, bis Anna in die Stille hinein sagte: »Bist du dir eigentlich darüber im Klaren, dass dieser Brief mehr ist als eine Einladung und als ein Angebot um Aussprache und Versöhnung? Belindas Brief ist ein Hilferuf.«

»Ja, du hast Recht«, musste Friedrich Gontard zugeben. »Aber …«

»Aber du bist ein störrischer und verbitterter Mann. So kenne ich dich nicht.«

Sie überlegte, und mit einem letzten Trumpf rief sie aus: »Und bist du kein bisschen neugierig darauf, was Belindas Vater dir anvertrauen will? Und erfüllt es dich kein bisschen mit Stolz, dass er so großes Vertrauen in dich hat? Er, der doch der Polizei so skeptisch gegenübersteht?«

Friedrich Gontard versuchte mit einer schwachen Geste, Annas Redefluss zu unterbrechen, doch es gelang ihm nicht.

»Und stell dir vor, es geschieht etwas Schlimmes und du erfährst erst hinterher, dass du es hättest verhindern können? Du würdest dir ewig Vorwürfe machen. Wo bleibt mein verantwortungsvoller Mann? Ich hab dir oft dein Helfersyndrom vorgeworfen, aber wo bleibt es nun, dein Gewissen? Belindas Vater gehört deiner Generation an, der man die Jugend gestohlen hat, er war wie du Soldat und ist zutiefst pazifistisch gesinnt. Das hast du doch damals in Churchfield feststellen können.«

»Du hast Recht«, musste Friedrich Gontard zugeben, und er goss sich und Anna noch eine Tasse dampfenden Tee ein. Seine Miene verdunkelte sich, als er die Szene beschrieb, die nun im Nachhinein besehen vielleicht das Vorspiel zu dem Disput gewesen war, der zum Bruch zwischen den Charltons und den Gontards führte.

»Ich werde diesen Nachmittag nie vergessen«, begann er. »Weißt du noch, wie sehr wir uns gefreut haben, dass unsere kleinen Töchter sich so gut verstanden? Emma und Lilli, beide neun Jahre alt. Und sie haben beide so schnell gelernt. Emma sprach ja schon ganz gut Deutsch, kein Wunder bei dem deutschen Großvater und der perfekt Deutsch sprechenden Mutter. Aber Lilli wollte doch Englisch lernen, und so hat Emma ihr ganz viele Geschichten erzählt, hat ihr Reime beigebracht, englische Lieder. *Peter Rabbit* und die anderen Tiergestalten von Beatrix Potter wurden zu Lillis Lieblingsfiguren. Auch *Paddington Bear* und *Peter Pan* und *Winnie the Pooh* und wie sie alle hießen. Sie spielten gerne Croquet auf dem Rasen und sie konnten sich stundenlang in den alten exotischen Bäumen des schönen Parks aufhalten, bis sie ihr Abendessen bekamen. Und dann Rodericks missbilligende Miene, wenn seine Frau und Tochter Deutsch sprachen und er vielleicht den Verdacht hegte, man spräche über ihn. Und dann diese Schrecksekunde, als Lilli von der Schaukel zu fallen drohte, mitten beim Schweben in der Luft oben.«

»Ja, und wir beide saßen starr vor Entsetzen am Gartentisch unterm Goldregenbusch und haben laut ›Achtung‹ geschrien, doch Lilli hatte sich schon wieder gefangen und schaukelte ruhig weiter«, führte Anna die Erinnerung ihres Mannes fort. »Doch Roderick war aufgestanden, und mit höhnisch verzerrtem Gesicht und in Hab-Acht-Stellung brüllte er ›Aaaaachtunggggg!!!!‹, wobei er sich stocksteif hinstellte und den Hitlergruß machte. In unsere Richtung hin. Und er schlug die Hacken gegeneinander in militärischer Manier, und zu allem Überdruss rief er auch noch aus: ›Heil Hitler!‹ Dabei streifte er mit dem Arm den Gartentisch, so dass alle Scones vom Teller fielen. Wir waren ja alle so gemütlich beim Tee gesessen.«

»Ja«, erinnerte sich Friedrich Gontard. »Genau so war es.«

Anna holte tief Luft und sagte: »Und nun kommt Belindas Vater ins Spiel. Der sprang auf und sagte, sichtlich um Gelassenheit bemüht: ›Du schaust zu viele Kriegsfilme, mein lieber Schwiegersohn. Und ich habe den Verdacht, du liest heimlich dieses chauvinistische Schundblatt *The Sun* mit den hetzerischen Parolen gegen die Deutschen.‹«

Friedrich Gontard nahm Annas Bericht auf: »Ja, erinnerst du dich noch an Roderick Charltons puterrotes Gesicht, als er seinem Schwiegervater entgegenschrie: ›Und das sagt einer, der gegen uns Engländer gekämpft hat.‹ Aber William Taylor hatte geistesgegenwärtig gekontert: ›Nein, das sagt einer, der sich wünschte, dass wir Deutschen nicht pauschal verunglimpft würden.‹«

Anna fuhr fort: »Und du, Friedrich, wie immer auf Harmonie bedacht, hattest die ganze Zeit über geschwiegen. Du hast etwas verlegen gelacht, denn die Szene war ja gar zu lächerlich und doch so ernst gemeint, wie sich bald herausstellen sollte. ›Lassen wir doch die Vergangenheit ruhen‹, hast du ausgerufen. ›Seht, wie unsere Mädchen sich vertragen. Sie sind doch die Zukunft.‹ Die beiden Kinder waren zum Glück hinterm Haus verschwunden, und ihr Lachen drang zu uns Erwachsenen auf der Terrasse vor. Sie waren im Baumhaus oder im kleinen weißen Pavillon, der ihnen als Spielzimmer diente mit dem riesigen Puppenhaus und den vielen Bilderbüchern auf den weichen bunten Teppichen, den Kuscheltieren und den Spielen. Aber Roderick Charlton ging kein bisschen auf deine Beschwichtigungssätze ein, Friedrich, sondern er drehte sich auf dem Absatz um und ging schnurstracks ins Haus. Wir alle wussten, dass sein Weg ihn in die Lounge führte, zur Bar, wo er sich einen doppelten Whisky einschenkte. Er hatte das während unseres einwöchigen Aufenthalts öfter getan. Belinda, ganz die beherrschte Engländerin und höfliche Gastgeberin, sagte zu uns: ›Roderick hat viel Stress im Beruf. Er ist sonst nicht so … so provozierend.‹ Wir schwiegen höflich. Aber die Miene von Belindas Vater zeigte deutlich, dass er nicht die Meinung seiner Tochter teilte. Die beiden Mädchen kamen Hand in Hand aus dem weißen Pavillon gerannt und holten sich ein Glas Lemonade und goldgelbe Scones. ›Es lebe die deutsch-englische Freundschaft‹, sagte William Taylor mit Blick auf die beiden Mädchen. Roderick Charlton ließ sich den ganzen Abend nicht mehr blicken.«

»Und dann ist William Taylor am nächsten Tag leider abgereist«, sagte Friedrich Gontard, und den Rest kennen wir.

»Apropos abreisen«, ergriff Anna die Gunst der Stunde. »Wir fahren nach England. Nicht nach Frankreich. Oder? Genau genommen nach Churchfield, Kent.«

»Du hast mal wieder gewonnen, Anna, aber mach mir keine Vorwürfe, wenn der nette Roderick uns noch einmal vor die Tür setzt. Oder die Tür erst gar nicht aufmacht, wenn wir erscheinen.«

»Ich rufe bei Belinda an«, erwiderte Anna. »Heute ist Mittwoch und Roderick ist im Club von 18-23 Uhr. Und«, fügte sie hinzu, »ich denke, auf dem Hinweg machen wir einen kleinen Abstecher nach Sissinghurst. Das hat letztes Mal ja nicht mehr geklappt. Den schönen Garten wollten wir doch immer mal besuchen.«

»Apropos Garten. Hast du eigentlich gesehen, wie schön dieses Jahr unser Garten ist?«

Der Jasmin duftete so stark, dass einem beinahe schwindlig wurde.

»Stimmt. Nun sag aber nicht, dass wir eigentlich nicht wegfahren müssten, weil es zuhause im Odenwald so schön ist und wir unser eigenes Sissinghurst haben«, sagte Anna.

»Zugegeben, ganz kann unser Garten nicht konkurrieren mit dem Park von Vita Sackville-West, was man so liest darüber.«

»Also freust du dich doch allmählich ein wenig auf die Englandreise?«

Friedrich Gontard lächelte nur und trank seinen Tee, der im Lauf des Erzählens lauwarm geworden war.

»Auf England und auf richtig heißen Tee, ja«, antwortete er. »Frankreich, der Pastis und der Roséwein werden mir die Freude darauf verzeihen.«

Kapitel 5 | Der Weg ist das Ziel

Anna und Friedrich Gontard genossen die Fahrt nach England umso mehr, weil sie entgegen dem allgemeinen Trend unter Pensionären nicht zu den Vielreisenden gehörten. Reisen hatte daher für sie den Reiz des Seltenen.

Beide dachten während der Autofahrt öfter an Belami, der zweifellos ein eher reisehemmender Faktor gewesen war. Katerchen Heinz war bei Rosa Brehm untergebracht worden, die noch letztes Jahr Belami betreut hatte, bis er sein trauriges Ende fand. Die neugewonnene Freiheit der Gontards wog aber, wie Anna genau wusste, den Verlust des lieben treuen Hundes nicht auf. Keiner verlor ein Wort über diese Tatsache, und Anna erschien es besser, das Thema nicht anzurühren und nicht unnötig Wunden aufzureißen.

»Ein Segen, dass es seit ein paar Jahren den Eurotunnel gibt«, sagte Anna. Sie spielte damit auf die Flugangst ihres Mannes an und auf das eigene Unbehagen bei Schiffsfahrten.

Mit ihren Schülern war sie zweimal zu Austauschfahrten per Flugzeug nach England gereist. Frankfurt-Manchester und Frankfurt-Birmingham. Für Anna kein Problem. Ihr Mann wäre gestorben vor Angst, selbst auf diesen kurzen Strecken.

Die Reise nach England war schnell geplant und mit Belinda Charlton abgesprochen worden. Ein sehr langes Telefongespräch zwischen den beiden Jugendfreundinnen war es geworden. Anna beantwortete Belindas Fragen nach Lilli, die sich so gut verstanden hatte mit Belindas Tochter Emma. Ja, auch Lilli hatte geheiratet, sie lebte mit ihrem Mann, dem Franzosen und Rechtsanwalt Fabrice Tavernier, in der Südpfalz. Lilli war Lehrerin geworden wie ihre Mutter Anna und hatte zwei sehr lebhafte Kinder, Fredi und Lotta, fünf und zwei Jahre alt.

Der dumme Disput wegen des Falklandkrieges. Ja, Belinda war damals genau wie Friedrich Gontard und auch Anna der Meinung gewesen, dass der Blitzkrieg zwischen England und Argentinien ein Unrecht war, obwohl alle von einer Provokation durch Argentinien gesprochen hatten. Von April bis Juni hatte der Krieg gedauert und Menschenleben gefordert. Sogar ein Neffe von Roderick war nicht mehr heimgekehrt von den Falklandinseln. Und er hatte den Verlust nie ganz verwunden, hatte sogar im Nachhinein Bedauern über seine »allzu patriotische Haltung« geäußert. Ein einziges Mal. Roderick tat sich schwer, Fehler zuzugeben. Er würde sich aber freuen, sagte Belinda, die deutschen Freunde wiederzusehen.

»Lass mich nur machen«, sagte Belinda und beteuerte, dass es keine Bedenken gab und dass Anna und Friedrich sich als willkommen betrachten konnten.

Und wie Belindas Vater dem Besuch entgegenfieberte! Alles würde sich zum Guten wenden. Obwohl Will Taylors Gesundheitszustand zu wünschen übrig ließe. Doch sei ihr Vater regelrecht aufgeblüht, seit er vom bevorstehenden Besuch der Gontards erfahren hatte.

»Wir machen vorher noch einen Abstecher nach Sissinghurst Castle«, sagte Anna.

»O ja, letztes Mal hat das ja nicht geklappt«, antwortete Belinda und endete mit den Worten: »Wie wir in England sagen: *Plans go according to what happens.*«

»Ja, Pläne können durchkreuzt werden durch … Ereignisse«, gab Anna ihr Recht. »Doch diesmal soll nichts Unvorhergesehenes unsere Pläne durchkreuzen.«

»Das ist meine gute alte Anna. Immer optimistisch und immer auf das Beste hoffend«, hatte Belinda gelacht.

»Ja, diese Eigenschaft hat in unserer Ehe so einiges gerettet. Gekittet ebenfalls. Friedrichs Hang zur Melancholie ist nicht verschwunden mit dem Alter. Wie auch? Und er trauert immer noch um unseren Hund Belami. Der Besuch bei euch wird ihn auf andere Gedanken bringen.«

An diesen Telefonanruf dachte Anna, als sie auf dem Beifahrersitz neben ihrem Mann in Richtung Calais fuhren.

»Die vielen Soldatenfriedhöfe aus dem 1. Weltkrieg«, sagte Friedrich Gontard auf der Fahrt durch Nordfrankreich, in der Champagne und in der Picardie. »Überall diese Symbole der menschlichen Unvernunft. Und aus der Geschichte haben wir nie gelernt und werden es niemals tun. Kurt Tucholsky hatte Recht, als er das so formulierte.«

»Schau, die Kathedrale«, rief Anna und zeigte auf die Silhouette mit den gotischen Türmen, als sie Reims passierten.

Der Eurotunnel zwischen Courcelles bei Calais und Folkestone in Kent war nun schon seit fast einem Jahrzehnt in Betrieb, und es war das erste Mal, dass die Gontards diesen Weg ins Königreich England wählten. In ihrem Bekanntenkreis gab es ein Ehepaar, das entsetzt ausgerufen hatte: »Was, mit dem Eurostar wollt ihr reisen? Das ist doch unheimlich. Der Gedanke, dass man da durch einen Tunnel fährt und nichts als Wasser über sich hat.«

Daran dachte Anna, doch das mulmige Gefühl legte sich bald, zumal die Fahrt, kaum begonnen, nach etwa einer halben Stunde schon vorüber war.

Die Nacht hatten die Gontards in Calais verbracht, in einem dieser praktischen Hotels der Kette *Etape*. Sauber und preiswert, nicht mehr und nicht weniger.

In Folkestone angekommen, begrüßte strahlender Sonnenschein die beiden Reisenden.

»Typisch englisches Wetter«, frotzelte Anna.

»Der Klimawandel geht sogar an den Briten nicht vorbei«, stimmte Friedrich Gontard mit ein. »Aber mal sehen, wie ich mit dem Linksverkehr zurechtkomme. Das ist schon eine Herausforderung, und wir waren lange nicht mehr auf der Insel.«

Sie fuhren nun durch den »Garten Englands« wie die Inselbewohner dieses Paradies im Süden Englands nannten, und Anna sagte: »Schade, dass die Apfelblüte schon vorbei ist.«

In Gedanken war sie bei ihrer ersten Reise nach England, damals im Jahr 1964. Sie war in London am Bahnhof Victoria Station abgeholt worden von Belinda und Roderick in ihrem schicken roten Austin Sprite. Die beiden kutschierten sie, die pfälzische Landpomeranze, wie sie sich selbst nannte, in der Großstadt herum, die damals begann, sich zum *Swinging London* zu entwickeln. Mit Carnaby Street, Beatlemania, superschlanken Twiggymädchen und vielen Pilzkopffrisuren, bevor diese auch auf dem Kontinent in Mode kamen. London war den anderen europäischen Metropolen darin ziemlich voraus.

Als wenig später die Popgruppe *Lovin' Spoonful* den Ohrwurm *Summer in the City* in die Charts brachte und die *Beatles* mit *Yellow Submarine* und *Strawberry fields forever* die Teenager zu hysterischen Schreikrämpfen brachten, hatte Anna immer noch die ersten Hits im Kopf: *I wanna hold your hand* und *Love me do*, die 1964 überall zu hören waren. Selbst die älteren Leute trällerten diese Songs. Undenkbar in Deutschland, wo zur gleichen Zeit die Elterngeneration bestenfalls Jazz mochte, die Masse jedoch deutsche Schlager hörte: Heintje, Freddy Quinn, Manuela, Drafi Deutscher und Wencke Myrrhe, wenig später dann Nina und Mike, Cindy und Bert und wie sie alle hießen.

Anna war ganz nostalgisch zumute, als sie während der Autofahrt in Gedanken jene ersten Begegnungen mit Großbritannien durchlebte.

»Woran denkst du?«, fragte Friedrich Gontard.

»Ach, an meinen ersten Minirock, den ich 1964 in der Carnaby

Street gekauft habe. Belinda und Roderick meinten, das müsse sein. Und ich kam mir wirklich altfränkisch vor in meinem biederen deutschen karierten Rock.«

»Schön, dass du dir diesen Rock in der Carnaby Street gekauft hast, Anna.«

Friedrich Gontard schwelgte in seliger Erinnerung.

»Als wir uns 1966 in Heidelberg kennengelernt haben, hattest du diesen Rock an, stimmt's? Weiß mit roten Tupfen.«

»Wie ein Fliegenpilz muss ich damals ausgesehen haben«, sagte Anna.

»Aber wie ein besonders hübscher Fliegenpilz. Oje!«

Beinahe hätte Friedrich Gontard beim Überholen vergessen, dass er in England war. Gerade noch rechtzeitig konnte er seinen Fahrfehler korrigieren.

»Oh, das tut mir leid«, entschuldigte er sich bei Anna. »So bald wollen wir doch noch nicht im Jenseits landen.«

Sie hielten an einer *Motorway*-Station und bestellten sich Tee und *Scones*.

»Im Vergleich zu diesem höllisch guten Tee schmeckt mein Gebräu daheim in Hohenkirch wie das reinste Spülwasser«, sagte Anna und betrachtete den tiefbraunen, fast samtig wirkenden Tee mit Milch in ihrer Tasse. »Wie machen die Engländer das nur, dass der Tee hier sogar in einer Raststätte anders schmeckt als bei uns in Deutschland?«

Achselzuckend kommentierte Friedrich Gontard die Frage, auf die es offenbar keine vernünftige Antwort gab.

Und sie fuhren weiter nach Sissinghurst Castle.

»Hoffentlich ist mein Traumziel keine Enttäuschung«, sagte Anna. »Das ist mein ganz persönlicher Spleen, diesen Garten zu besuchen. Wie die Abtei Le Thoronet dein persönlicher Spleen ist. Erinnere dich an letztes Jahr. Hoffentlich vermisst du Le Thoronet und Frankreich nicht allzu sehr.«

Friedrich Gontard wollte antworten, aber Anna rief aus: »Dort drüben. Die magischen Türme von Sissinghurst. Renaissance. Shakespeare. Das Elisabethanische Zeitalter. Wie eine Zeitreise …«

Friedrich Gontard schmunzelte vor sich hin. Wenn in seiner Frau die englandbegeisterte ehemalige Englischlehrerin erwachte, gab es keinen Halt. Die Begeisterung war sogar, das musste er zugeben, ein wenig ansteckend.

Welche Überraschung in einem der schönsten Gärten Englands wohl auf die Gontards wartete?

Gontard steuerte auf den Parkplatz zu und dachte, dass dies eigentlich schon ein guter Anfang wäre für heutige Begriffe: ein freier Parkplatz vor einem von Touristen aus aller Welt frequentierten Schloss, dazu noch gebührenfrei. 160.000 Touristen waren es jedes Jahr, wie man im Reiseführer nachlesen konnte.

»Na, dann lassen wir uns mal überraschen«, sagte Friedrich Gontard.

Sein Wunsch sollte in Erfüllung gehen.

Kapitel 6 | Sissinghurst Castle and Garden

Die Gontards begaben sich in Richtung Haupteingang. Die schlanken, hochaufragenden und freistehenden Doppeltürme mit ihren Wetterfahnen beherrschten die romantische Szenerie inmitten der sanften, typisch englischen Landschaft. Wie zwei steingewordene Schildwachen aus Shakespeares Zeit. Von Hecken umzäunte Felder und zum Teil schon abgemähte Wiesen schlossen Sissinghurst Castle ein, das im Grunde aus einzelnen Gebäuden bestand und von der weitläufigen Parkanlage beherrscht wurde.

Vita Sackville-West und ihr Ehemann, der Diplomat und Schriftsteller Harold Nicolson, hatten im Jahre 1930 die Ruine aus elisabethanischen Zeiten erworben und mit viel Geld, Geschmack und Kreativität zu einer der herausragenden Garten- und Schlossanlagen Englands umgestaltet. 1932 waren sie mit ihren beiden Söhnen eingezogen, und ihr bizarres Familienleben gab Anlass zu Klatsch und Tratsch in Adelskreisen und bei den Bürgerlichen. Die dauerhafte Ehe von Vita und Harold erlitt keinerlei Trübung durch die Tatsache, dass die gärtnernde Schriftstellerin, die in späteren Jahren zur schriftstellernden Gärtnerin wurde, diverse Affären unterhielt, wobei Vitas bekannteste Liaison die mit ihrer weit berühmteren Schriftstellerkollegin Virginia Woolf war.

Harold Nicolson verbrachte viel Zeit in London, wo er seine eigene Homosexualität auslebte. Eine bizarre, ungewöhnliche Ehe, aber die Partner schätzten sich und nutzten die gemeinsam verbrachte Zeit für die Erziehung ihrer beiden Söhne und die Planung von Garten und Schlossanlagen.

Der erste Ziegelbau in Kent sei Sissinghurst gewesen, hieß es, und die Ziegelbauweise habe im 16. Jahrhundert die mittelalterliche Fachwerkarchitektur abgelöst. An den Hopfendarrentürmen vorbei steuerten Anna und Friedrich Gontard dem Eingang zu. Kunstvoll gestutzte Eibenhecken erweckten einen Eindruck von Symmetrie und Ordnung. Im hohen Turmgebäude befand sich das Arbeitszimmer von Vita Sackville-West, und Anna ließ es sich nicht nehmen, die 78 Stufen zu erklimmen. Ihr Mann musste nach etwa der Hälfte des steilen Aufstiegs auf der Holzwendeltreppe aufgeben.

»Der große Altersunterschied zwischen uns macht sich bemerkbar«, japste Friedrich Gontard etwas resigniert. »Ich warte unten auf der Bank auf dich.«

Anna kam nach einer halben Stunde von der Besichtigung des Turmzimmers zurück.

»Du hast nichts versäumt«, meinte sie. »Irgendwie ist das wie mit allen Orten, in denen berühmte Männer und Frauen gelebt und gewirkt haben. Man erwartet viel und ist letztendlich enttäuscht. So ging es mir zum Beispiel einmal auf der Wartburg. Kein bisschen gruselig war mir zumute, als ich den Tintenklecks an der Wand sah, der angeblich von Luther stammte, als er sein Tintenfass nach dem Teufel geworfen hatte, an den er ja leibhaftig glaubte. Na ja, das Beste an Vitas Turm oben war die Aussichtsplattform mit Panoramablick. Ich glaube, ich bilde es mir nicht ein, aber der Blick ging bis rüber nach Canterbury. Ich habe die Kathedrale erkannt. Aber wie gesagt: Gar zu viel hast du nicht versäumt.«

Sie übt sich schon in britischem Understatement, dachte Gontard. Und sie will mich schonen. Ich soll nicht traurig sein, dass ich schlapp gemacht habe beim Treppensteigen. Liebe Anna.

»Das ist doch der reinste Elfenbeinturm«, sagte Anna und blickte zur Turmuhr hoch. »Rückzug vom Trubel der Welt.«

Die Gontards steuerten nun auf den Rosengarten zu. Die Rosen waren fast alle in schönster Blüte. Die altenglischen, von Vita

Sackville-West selbst gezüchteten Rosensorten blühten nur einmal im Jahr, anders als die modernen Sorten. Anna näherte sich einem besonders schönen Rosenstock in samtigem Altrosa, und sie sog den Duft ein.

»Ein wenig wie die Frau auf dem berühmten Gemälde von John William Waterhouse siehst du aus«, fand Friedrich Gontard. »Das Postkartenmotiv, das fast jeder kennt.«

»Und genauso fühle ich mich auch in diesem romantischen Ambiente, nur nicht mehr so jung wie die Präraffaelitendame«, bestätigte Anna. »Aber lassen wir das leidige Thema Alter mal beiseite und genießen wir diesen schönen Sommertag.«

Sie waren am italienischen Garten angekommen mit seinen vielen weißen Statuen an jedem Ende und den großen toskanischen Terrakottatöpfen. Hier blühte momentan wenig. Dieser Teil hieß Frühlingsgarten und lag nun fast brach, abgesehen von den Blumen in den Töpfen und Kübeln. Annas Favorit war der Bauerngarten, denn hier hatte die gärtnernde Schriftstellerin ihre Vorliebe für opulente Blumenpracht vorwiegend in einer einzigen Farbe verwirklicht. Alles prangte in Blautönen.

»Schade, dass wir nicht im Spätsommer hier sein können«, sagte Anna. »Ich habe mal gelesen, dass Vita Sackville-West die Dahlien hoffähig gemacht hat, die bisher verpönt waren in Adelskreisen und in Schlossgärten. Dahlien galten als derb und bäurisch.«

Friedrich hatte auf einer Gartenbank vor einer hohen Ziegelwand Platz genommen, die an der Seite des Bauerngartens stand. Eine üppige Clematishecke rankte an der Wand hoch und bedeckte sie fast vollständig.

»Das ist die berühmte Sissinghurst-Bank, wenn ich mich nicht täusche«, erklärte Anna. »Vita hat sie eigens für sich selbst anfertigen lassen.«

Anna und Friedrich Gontard schlenderten nun Hand in Hand zum anderen Ende des Gangs. Dort am Wassergraben stand eine Statue.

»Dionysos ist das, oder?«, meinte Friedrich Gontard.

Annas Aufmerksamkeit hatte sich einer Person zugewandt, die etwas abseits von der griechischen Statue malte. Der Mann saß auf einem Malerschemel und schaute konzentriert nach oben, um sich die Umrisse der Gebäude einzuprägen. Er mochte etwa Mitte bis Ende 30 sein. Anna trat vorsichtig an die Staffelei heran, aber Gontard blieb diskret abseits stehen. Verblüfft stellte Anna fest, dass das entstehende Gemälde sich im Stil an gewisse Motive des Malers Van Gogh anlehnte. Viel Blau, Grün, Gelb. Schwungvoll, eine bewegte Blumenlandschaft, im Hintergrund die Zwillingstürme von Sissinghurst in kräftigem Ziegelrot, so als stünde das Schloss in Flammen. Noch erstaunter registrierte Anna eine gewisse Ähnlichkeit des jungen Malers mit Vincent van Gogh, dessen Kunst er zu lieben und nachzuahmen schien. Ein Hobbymaler? Menschentypen ähneln sich, wiederholen sich über die Jahrhunderte hinweg, oder? Das hatte Anna, die sich für menschliche Gesichter interessierte, oft feststellen können. In Kunstbüchern und auch im wirklichen Leben.

Der junge Mann zeigte durch keine einzige Regung, dass er sich gestört oder gar belästigt fühlte durch das Interesse dieser Touristin. Sein markantes, fast asketisch wirkendes Gesicht mit den hellblauen Augen und dem bleichen, von Sommersprossen überzogenen Teint zeigte Konzentration und Ruhe. Nur einmal fuhr er sich ein wenig fahrig mit der linken Hand durch die kurzen, rötlichen Stoppelhaare und übers ebenfalls stoppelige Kinn.

»*Just wonderful*«, entfuhr es Anna beim Betrachten des fast vollendeten Gemäldes, und im gleichen Augenblick hätte sie sich für diese banale Bemerkung ohrfeigen mögen. Der Künstler verzog etwas spöttisch den ausdrucksvollen Mund, so als wolle er sagen: Was will diese Touristin nur von mir?

Friedrich Gontard, der weitergegangen war und die Szene nun aus einiger Entfernung beobachtete, machte seiner Frau ein Zeichen. Offenbar ist ihm seine neugierige Frau wieder einmal peinlich, dachte Anna leicht beschämt. Mit einem kurzen: »*Sorry, Sir*«, entschuldigte sie sich, worauf der Mann in recht gutem Deutsch mit leichtem Akzent antwortete: »Es gibt keinen Grund, sich zu entschuldigen. Wir Künstler freuen uns über jedes bisschen Interesse, das man uns entgegenbringt.«

Anna entfernte sich lächelnd, und beim Weggehen fiel ihr Blick auf einen Stapel von Skizzen und Zeichnungen neben der Staffelei des Künstlers. Das zuoberst liegende Blatt, ein Aquarell, stellte ein englisches Herrenhaus dar, das an einer Seite von einem lodernden Goldregenbaum fast völlig überdeckt wurde. Goldregen, Laburnum, ging es durch Annas Kopf.

Als sie mit ihrem Mann durch den Grabengang mit der wundervoll dicht bepflanzten Azaleenböschung hin zu Vitas Kräutergarten ging, dachte sie unablässig an das Motiv mit dem Goldregen. Sie kamen am berühmten weißen Garten an, wo Pflanzen in sämtlichen Weiß-Schattierungen blühten, mit zum Teil silberfarbenem und grauem Laub. Eine üppige weiße Rosenhecke war die Krönung dieses Teils des Gartens.

Am Priest's House angekommen, rief Anna, die während des Rundgangs auffallend schweigsam geblieben war, plötzlich aus: »Du, Friedrich, nun fällt mir plötzlich ein, woher ich dieses Motiv kenne, das ich auf einem Skizzenstapel neben dem Maler gesehen habe. Diesem van Gogh-Doppelgänger.«

»Du meinst den Maler neben der Dionysos-Statue? Du hast Recht, der hat wirklich ein wenig an van Gogh erinnert. Auf mich hat der irgendwie ein wenig unheimlich gewirkt.«

In wenigen Worten erklärte Anna nun ihrem Mann, was sie mit dem Goldregen-Motiv meinte.

»Das Goldregenmotiv? Das war Belindas Haus mit dem Goldregenbaum. Laburnum House. Woher kennt der Maler das Haus?«

»Vielleicht täuschst du dich, liebe Anna. Viele Häuser hier sehen sich doch ähnlich, und Goldregen ist keine Seltenheit.«

»Ich habe aber die Wetterfahne erkannt, die Wetterfahne auf

dem Dach oben, eine Mädchensilhouette mit den Initialen E und C darüber, für Emma Charlton. Die Wetterfahne ist zu Emmas Geburt gestaltet worden. Das kann doch kein Zufall sein. Ich muss da noch mal hin.«

Gontard erinnerte sich, dass Lilli damals so begeistert gewesen war von dieser Wetterfahne zu Ehren ihrer englischen Freundin, und die Gontards wollten für ihr Dach in Hohenkirch ebenfalls solch ein Kunstwerk gestalten lassen. Mit den Initialen L und G: Lilli Gontard. Aber die Turbulenzen und die abrupte Abreise nach Deutschland hatten das Projekt in Vergessenheit geraten lassen.

Anna war schon weggeeilt, um sich Klarheit zu verschaffen, und es wurde vereinbart, dass Friedrich im Café am Eingang auf seine Frau warten würde.

»O ja, ich verstehe«, sagte Gontard. »Im Café mit Garten-Shop, wo zum Abschluss noch einmal viele schöne Dinge gekauft werden.«

Friedrich Gontard kannte seine Frau nur zu gut. Kein Museums- oder Schlossbesuch ohne die obligate Krönung im Shop.

»Das ist halt meine Art, Shopping zu machen«, rief Anna noch und war auch schon verschwunden.

Friedrich Gontard hatte schon eine ganze Weile im Café gewartet und genoss einen wundervollen Tee mit Milch. Der Kuchen allerdings wurde dem hohen Niveau von Sissinghurst Castle and Garden nicht gerecht. Unsere Odenwälder Bäcker zaubern da Besseres, dachte Gontard, während er den mit zu viel Ingwer, zu viel Gelee und zu viel Zuckerguss versehenen Kuchen hinunterwürgte. Er schaute aus dem bleiverglasten Fenster des Cafés und erblickte Anna, die gerade um die Ecke bog. Sie schien müde und erschöpft, ließ sich matt neben ihren Mann in einen Windsor Chair plumpsen und sagte: »Er war weg. Mein Vincent van Gogh war spurlos verschwunden. Ich habe noch mal den ganzen Garten abgesucht. Nun werde ich nie erfahren, ob ich mir nur eingebildet habe, dass das Haus auf dem Gemälde Belindas Haus war.«

»Das Haus von Belinda und Roderick«, berichtigte Friedrich Gontard. »Vergessen wir ihn nicht. Wie er uns wohl empfangen wird?«

»Wie auch immer«, antwortete Anna. »Beherrsche dich um jeden Preis. Auch dann, wenn das gewisse Thema zur Sprache kommen sollte. Die Politik. England, Deutschland, die Vergangenheit.«

Sie bestellte sich ebenfalls einen Tee, aber sie war den Kuchen betreffend gewarnt, als sie die wenig begeisterte Miene ihres Mannes sah, der sich zum letzten Stück Ingwerkuchen zwang.

»Und wenn die aktuelle englische Politik zur Sprache kommen sollte und Tony Blair erwähnt wird, bitte halte dich mit deiner Kritik am Irakeinsatz Englands zurück. Lobe lieber Blairs fortschrittliche Haltung in der Klimapolitik und seine Errungenschaften im sozialen Bereich. Im Gesundheitswesen und alledem. Wir wollen Roderick Charlton doch nicht reizen.«

»So machen wir es. Hast ja Recht.«

Während der Fahrt nach Churchfield sagte Anna plötzlich: »Wahrscheinlich träume ich heute Nacht von Vincent van Gogh.«

»Und ich von Roderick Charlton?«, spekulierte Gontard.

Hoffentlich wird es kein Albtraum, dachte er.

Ein letzter Blick zurück, und die stolzen Zwillingstürme von Sissinghurst Castle and Garden grüßten aus der Ferne, inmitten der schönen Landschaft Kents mit ihren Heckenzäunen, Apfelbäumen und Schafen.

Warum habe ich auf einmal solches Herzklopfen, fragte sich Anna, je mehr sie sich ihrem Ziel näherten. Sie schaute verstohlen zu ihrem wenig entspannt wirkenden Mann hinüber, und sie hoffte, dass es kein Fehler gewesen war, ihn dazu zu bewegen, den Frankreichurlaub abzusagen.

Kapitel 7 | Sigmund Bloom

In seiner Staatskarosse fuhr der alte Mann langsam durch die schmale Gasse, die an seinem Cottage vorbei zu Laburnum House führte. »Staatskarosse« war die ironische Bezeichnung des Rollstuhls, den Sigmund Bloom selbst steuern konnte und der ihm das wohltuende Gefühl von Mobilität, Freiheit und Selbständigkeit gab, das ihm so wichtig war. Im Gegensatz zu seinen körperlichen Malaisen war Sigmund Bloom im vollen Besitz seiner geistigen Kräfte. Kopf und Verstand waren intakt wie eh und je. Welch ein Glück.

Sigmund Bloom freute sich auf den Besuch bei seinem Freund, eine liebgewonnene Gewohnheit für die beiden *old boys,* wie sie sich selbst gerne nannten. Selbstironie und Humor war beiden zu eigen, und es war nicht die einzige Gemeinsamkeit, die sie vor vielen Jahren zu Freunden hatte werden lassen. Beide waren ursprünglich Deutsche, die es während des Kriegs nach England verschlagen hatte und die nach dem Ende des Krieges zu Engländern geworden waren. Wilhelm Schneider, der ehemalige Kriegsgefangene und POW, wie die Engländer den Begriff *prisoner of war* abkürzten, war auf der Farm von John Parsons als Erntehelfer eingesetzt worden. Sigmund Blum hingegen, der deutsche Jude bzw. jüdische Deutsche, wie er sich gerne nannte, war nach Irrfahrten über Südfrankreich nach Norwegen und von dort nach Großbritannien gelangt, wo er für die britische Armee als Übersetzer arbeitete.

Sigmund Blum, der seinen Familiennamen in Bloom anglifiziert hatte, war als Pfälzer Jude am 22. Oktober 1940 in jener unsäglichen Nacht- und Nebelaktion zusammen mit anderen Leidensgenossen im Auftrag des Gauleiters Josef Bürckel ins französische Internierungslager Gurs in den Pyrenäen deportiert worden. Das schreckliche Lager in Gurs hatte er überlebt, anders als die Alten und Kranken und die Kinder, die wie die Mücken starben. An Hunger, an Krankheiten wie Typhus. Es gelang ihm auf wundersame Weise, sich in Richtung Schweizer Grenze durchzuschlagen. Doch er erfuhr gerade noch rechtzeitig, dass auch die Schweiz Juden auslieferte. Er schloss sich der Fremdenlegion an. Ein Haufen sadistischer Kerle, gedrillt von noch sadistischeren Offizieren, und die Unteroffiziere waren die Schlimmsten, so beschrieb Sigmund Bloom später diese Truppe. Aber immerhin kämpfte man gegen die Nazis. Und alles war immer noch besser als in Auschwitz im Gas zu enden. Denn dahin brachte man später der irrwitzigen Logistik der Nazis zufolge diejenigen Inhaftierten von Gurs, die nicht verhungert oder von Krankheiten dahingerafft worden waren. Ja, alles war besser als Auschwitz! Dabei lachte Sigmund Bloom, dem sein hartes Schicksal eines nie hatte rauben können: seinen Humor. Seine Gelassenheit auch nicht. Bitterkeit war ihm fremd, trotz allem. Während er zwischen gestutzten Hecken und gepflegten Gärten mit Hortensienbüschen in Blau, Altrosa und Lila hindurchfuhr, dachte er mit Dankbarkeit an seine Begegnung mit Wilhelm Schneider, der sich in William Taylor umbenannt hatte und der sein Freund geworden war und den er nun gleich treffen würde. Und vielleicht würde man wie so oft in letzter Zeit von Eve und Phyllis sprechen, ihren beiden Ehefrauen, die lange tot waren.

Es war im Herbst 1943, als Sigmund Bloom den Auftrag bekam, auf der Farm von John Parsons als Übersetzer zu erscheinen, denn eine Gruppe von deutschen Kriegsgefangenen war eingetroffen. Meist konnten sie kein Englisch sprechen oder nur wenig. Sigmund Bloom sollte vermitteln. Als er mit seinem Militärjeep auf der Farm eintraf, kam ihm eine junge Frau entgegen. Besser gesagt, ein junges Mädchen von etwa 18 Jahren. Sie hatte das rote Lockenhaar mit einem Tuch umwunden und schleppte einen schweren Korb mit Äpfeln. Der junge Soldat sprang aus seinem Jeep und bot sich an, dem Mädchen beim Tragen der Last zu helfen. Anstatt ihm aber für seine Hilfsbereitschaft zu danken, stellte die junge Frau den Korb ab, stemmte die Arme in die Hüften und gab dem jungen Mann zu verstehen, dass sie mit diesem Deutschen, diesem Nazi nichts zu tun haben wolle. Er erklärte, dass er kein deutscher, sondern ein englischer Soldat war, die Uniform und der Jeep bewiesen das doch, und dass er vor den Nazis hatte fliehen müssen als deutscher Jude und dass er gekommen war, um die Erntehelfer einzuweisen.

Schlagartig hatte sich die Miene des jungen Mädchens erhellt, und sie stellte sich als Eve Parsons vor, die Tochter des Farmers. Im gleichen Moment kam eine Gruppe von etwa 15 Männern aus der Scheune, bewacht von britischen Soldaten. Die Männer trugen blaue Kittel und schwere Schuhe.

»Die Deutschen!«, rief Eve Parsons, und in ihrer Stimme schwangen Verachtung und Angst mit. Sie verschwand im Haus, als sei der Leibhaftige hinter ihr her. Der Korb mit den Äpfeln stand mitten im Hof. Bevor Sigmund Bloom auf die Gruppe der deutschen Kriegsgefangenen zuging, um seine Arbeit zu beginnen, blickte er zum Wohnhaus der Parsons hin. Er sah, wie eine Gardine beiseitegeschoben wurde, und er erkannte schemenhaft eine Mädchengestalt hinter dem Fenster. Die Gardine wurde mit einem Schwups wieder zugezogen. Sigmund Bloom musste ein wenig grinsen, und so empfing er, der deutsche Jude, der von den Nazis verfolgt worden war, die jungen Deutschen, die für die Nazis gekämpft hatten, mit diesem unerklärlichen Lächeln, das der Anblick einer hübschen rothaarigen Engländerin in sein Gesicht gezaubert hatte.

Ein Hüne von Mann kam über den Hof gegangen. Er stellte sich kurz als John Parsons vor, Besitzer des Hofes, und er schüttelte dem jungen Mann die Hand. Und nun wurden Instruktionen gegeben, Arbeitseinsätze besprochen, landwirtschaftliche Geräte erklärt. Einige der Deutschen begegneten dem Übersetzer mit unverhohlener Distanz. Eine gewisse Ablehnung bis hin zur Feindseligkeit spürte Sigmund Bloom, und er konnte nicht leugnen, dass auch er ein großes Unbehagen, ja sogar etwas wie Furcht verspürte. Zu lange hatte die Zeit der Demütigungen in Nazideutschland, die Ungewissheit während der Deportation, hatten die Schrecken des Internierungslagers in den Pyrenäen gedauert und ihre Spuren in seiner Seele hinterlassen. Einige der Gefangenen jedoch blieben gelassen und neutral. Einer trat auf ihn zu und fragte ihn: »Sind Sie auch aus Süddeutschland? Ich höre es am Dialekt. Sind Sie Pfälzer?«

»Pfälzer Jude, ja. Ich bin in der Westpfalz aufgewachsen«, antwortete Sigmund Bloom. »Nicht weit von Kaiserslautern.«

»Ich bin Badener«, sagte der junge Kriegsgefangene. »Ich heiße Wilhelm Schneider und komme aus einem Dorf bei Karlsruhe.«

Er wurde auf einmal verlegen und stotterte: »Es ist schrecklich, was man euch Juden angetan hat.«

»Ich war in Gurs in Südfrankreich interniert«, sagte Sigmund Bloom, und er wusste nicht, warum er das diesem Fremden erzählte. »Viele Badener Juden hat man dorthin geschafft, wie uns Pfälzer Juden auch. Die Gauleiter Bürckel und Wagner. Die haben das ausgeheckt.«

Der junge Kriegsgefangene schaute ungläubig. Er hatte ganz offensichtlich noch nichts von dem Ort gehört. Wenn dieser Krieg vorbei sein wird, dachte Sigmund Bloom, dann werden viele Deutsche vielleicht die Wahrheit erfahren. Doch das Kriegsende war nicht in Aussicht.

»Ich … ich will nicht mehr davon reden«, sagte Sigmund Bloom zu dem jungen Deutschen, und in diesem Moment kam auch schon die hübsche Rothaarige aus dem Haus. Sie holte den Korb mit Äpfeln, der immer noch mitten auf dem Hof stand, und schlenderte langsam zurück. Dabei schaute sie ganz kurz und stolz zu Sigmund Bloom hin. Der strenge Blick ihres Vaters, der die Szene beobachtet hatte, ließ sie flugs ins Wohnhaus zurückgehen.

Ach, dachte der alte Sigmund Bloom, wenig später wurden wir trotz allem ein Liebespaar. Es war Liebe auf den ersten Blick, was mich betraf, Liebe auf den zweiten Blick, was Eve betraf. Und dann hat Wilhelm Schneider ebenfalls ein englisches Mädchen kennengelernt, Phyllis Harrison, und ich musste bei ihren Eltern nicht nur übersetzen, sondern auch vermitteln, und er ist nicht nach Deutschland zurückgekehrt und hat Phyllis geheiratet und sich William Taylor genannt. Will nennen ihn alle. Und nun spielen wir zwei Alten gleich eine Partie Schach wie jeden Dienstag.

Die Eingangstür zum östlichen Teil von Laburnum House, wo William Taylor wohnte, war weit geöffnet, wie zum Zeichen, dass Sigmund Bloom willkommen war. Belinda hatte für ihren Vater im sogenannten East Wing im Parterre ein schönes Apartment eingerichtet. Altersgerecht, denn Will wurde nach und nach gebrechlich. Sigmund Bloom machte sich in letzter Zeit Sorgen um seinen Freund, denn er klagte über Herzbeschwerden und andere Malaisen.

Bloom steuerte seine Staatskarosse auf den Eingang zu, durch den großzügig gestalteten Flur, dessen Wände mit Szenen des genialen Pferdemalers George Stubbs und mit Motiven des Malers John Constable geschmückt waren, den Will so sehr mochte. Die Kathedrale von Salisbury prangte als großformatiger Druck neben dem Spiegel der Garderobe. Keine Dürers, keine Altdorfers, keine Cranachs. William Taylor war durch und durch Engländer geworden. Oder doch nicht? In letzter Zeit sprach der Freund immer öfter von seiner Heimat, von Deutschland.

Das erste Anzeichen von Besorgnis, das Sigmund Bloom verspürte, war die absolute Stille im Flur und im Salon seines Freundes, der ihn sonst immer schon von Weitem empfing mit einem herzlichen: »*Come in, please.*«

Denn die Uhrzeit des Besuchs war immer die gleiche. Beide waren Pünktlichkeitsfanatiker. Das ist noch das Deutsche in uns, pflegten sie zu scherzen.

»Will?«, rief Sigmund Bloom. Doch irgendwie erwartete er keine Antwort. Ein merkwürdiges Gefühl ließ ihn erahnen, dass etwas nicht stimmte.

In seinem mit vielen geblümten dicken Kissen gepolsterten Armlehnsessel lag William Taylor, als schliefe er. Ein Mittagsschlaf. Sigmund Bloom aber hatte den Tod oft gesehen, und er wusste, dass sein Freund nicht mehr am Leben war. Ein schreckliches Gefühl von Leere überkam plötzlich den alten Mann, der seinen besten, seinen einzigen Freund verloren hatte. Jetzt erst vernahm Sigmund Bloom, dessen Gehör nicht mehr das Beste war, das Winseln und das Kratzen an der Tür, die vom Salon ins Schlafzimmer führte. Sir Percival, der irische Setter von William Taylor, war nicht zu beruhigen. Sigmund Bloom bewegte sich mit seinem Rollstuhl mühsam zur Tür, öffnete sie, wurde beinahe umgerannt von dem aufgeregten Tier. Der Hund lief jaulend zu dem Toten, hörte nicht auf, ihm die Hände zu lecken, als könne er damit seinen Herrn zum Leben erwecken. Neben dem Sessel mit dem Toten lagen ein Briefumschlag, zwei Blätter und ein Stift.

Ohne viel nachzudenken, schnappte Sigmund Bloom den Stift und den Briefumschlag, der keine Adresse aufwies, und steckte die beiden Blätter hinein. Dann verstaute er den Briefumschlag und den Stift in der Tasche seiner Tweedjacke.

Er hörte Stimmen im Flur, und dann verlor er das Bewusstsein. Er sah nur noch, wie Sir Percival aus dem Zimmer rannte in die Richtung, aus der die Stimmen kamen. Das jammervolle Jaulen des Hundes begleitete ihn in die Dämmerung einer tiefen Ohnmacht.

Kapitel 8 | Churchfield

»Schau mal, da gibt es sogar noch ein schönes altes rotes Telefonhäuschen«, rief Anna erfreut aus. »Überall sonst stehen doch diese hässlichen modernen grauen Kästen, und die alten Telefonhäuschen sind in den Fußgängerzonen auf dem Kontinent gelandet. Als Gag.«

Die Gontards beschlossen, nicht die Autobahn mit ihrem hektischen Verkehr zu benutzen, sondern die kleinen Seitenstraßen, die engen und kurvigen *country roads.*

Sie waren durch viele kleine Ortschaften gekommen, und Friedrich Gontard musste mit Bedauern feststellen, dass in vielerlei Beziehung seit seinem letzten Besuch vor 23 Jahren auf der Insel die Moderne die Idylle verdrängt hatte. Anna, die in der Zwischenzeit auf diversen Schülerfahrten England besucht hatte, war weniger überrascht. Sie hatte sich nach und nach an die Veränderungen auf der Insel gewöhnen können. Umso erfreuter waren sie, als sie endlich am Zielort ankamen.

»Churchfield hat sich aber kaum verändert«, staunte Friedrich Gontard.

Beide waren aufgeregt und versuchten, es sich nicht anmerken zu lassen.

Der *village green*, der Dorfanger mit den kleinen Läden außen herum, die gedrungene Kirche aus normannischen Zeiten mit dem trutzigen eckigen Turm, die schiefen Grabsteine auf dem gepflegten Rasen, all dies entsprach dem Bild, das man sich noch vom »alten Churchfield« machte. Ein Oxfam-Geschäft und daneben zwei andere Charity-Läden, einer für die Multiple Sklerose-Gesellschaft, einer für den SPCA, den englischen Tierschutzverein, kamen den Gontards allerdings unbekannt vor. Auch einer dieser Läden für Computerzubehör, wie sie auch in Deutschland neuerdings vor allem in den Städten wie Pilze aus dem Boden schossen, und gleich daneben ein Nagelstudio zeugten vom Einzug der Moderne ins ländliche Großbritannien. Viel Fachwerk im Tudorstil. Die altbekannte Dorfkneipe *Fox and Greyhound*, daneben allerdings ein Tattoo-Studio und drei Häuser weiter, in einem Tudor-Haus wie zu Shakespeares Zeiten, eine Sushi-Bar mit rosa Leuchtreklame.

»Die Zeit ist doch nicht ganz stehen geblieben in Churchfield«, stellte Anna fest. »Wie sollte es auch anders sein?«

Hinter der trutzigen Kirche erblickten sie das hohe Dach von Laburnum House, das zinnenartig und spätviktorianisch gestaltet war, wie bei einer Burg. Auf dem mittleren Rundturm war die Wetterfahne weithin sichtbar.

»Emmas Wetterfahne«, rief Anna aus.

Unbehagen überfiel sie urplötzlich, denn es wurde ihr schlagartig bewusst, dass die Harmonie, die zwischen den Kindern Lilli und Emma geherrscht hatte, solch ein jähes Ende gefunden hatte damals bei dem unnötigen Streit im Jahr 1982. Welche Überraschung werden wir erleben, fragte sie sich. Und auch Friedrich Gontard war sichtlich unruhig geworden, denn seine Hände trommelten auf dem Lenkrad, was Anna ziemlich nervig fand.

Ach, da war das Häuschen von Gwendolyn Blake, der alten, sehr neugierigen Nachbarin der Charltons.

»Wir haben sie doch insgeheim Miss Marple genannt, oder?«, erinnerte sich Anna. »Dabei hatte Belinda uns versichert, dass in Churchfield noch nie ein Mord geschehen ist.«

»Dann wird es aber höchste Zeit«, sagte Gontard und entschuldigte sich sofort für den albernen Witz.

»Sorry«, sagte er achselzuckend und hörte mit dem nervösen Getrommel auf.

Anna, wie immer die Diplomatische, wiegelte ab: „Wer weiß, vielleicht haben die Charltons ja eine Leiche im Keller, und du darfst Hercule Poirot spielen.

»Und du Miss Marple.«

Nun hatten die Gontards sich genügend in schwarzem Humor ausgetobt, und Anna ermahnte ein wenig gespielt zu mehr Ernsthaftigkeit: »Man kann die Sache mit dem *black humour* ja auch übertreiben, und ich habe keine Lust auf Leichen im Keller oder sonst wo«, schloss sie.

Sie fuhren durch die Auffahrt mit den beiden steinernen Löwen. Der Goldregenbusch war zu einem Baum hochgewachsen, mit festem knorrigem Stamm und dicken Ästen. Er war am Verblühen.

Vielleicht ein gutes Omen, dachte Anna. Damals, bei unserem letzten Besuch, stand das hochgiftige Gewächs in vollster Blüte. Vor dem Haus aus grauem Granit stand ein sehr schickes blaues Auto, ein Cabrio. Wie Rodericks Flitzer damals 1964, der Austin Sprite. Annas Gedanken wurden jäh in die Gegenwart katapultiert. Keine Zeit für Nostalgie.

Die Gontards waren erstaunt, dass niemand auf ihre Ankunft reagierte, denn man erwartete sie doch am späten Nachmittag.

»Dort drüben«, sagte Anna zu ihrem Mann. »Da steht die Tür offen.«

Aufgeregtes Stimmengewirr drang aus dem östlichen Gebäudeteil. Die Gontards näherten sich zögerlich. Es klang, als sei ein Familienstreit im Gange.

»Nein, nicht schon wieder«, flüsterte Friedrich Gontard und ergriff behutsam den Arm seiner Frau. Beiden war seltsam zumute. Ein Gefühl von Peinlichkeit machte sich breit. Ein Schluchzen ertönte. Friedrich Gontard machte Anna ein Zeichen umzukehren und zum Auto zurückzugehen, denn Zeugen eines Familiendramas wollten sie nun wirklich nicht werden. Da plötzlich kam Belinda aus dem Haus gelaufen. Sie rannte auf Anna zu und rief weinend aus: »Daddy. Daddy ist tot. Wir haben ihn vor einer Stunde gefunden. Das heißt, sein Freund Sigmund Bloom hat ihn gefunden. Der Arzt ist da und hat seinen Tod bestätigt. Es war das Herz. Warum hat er nicht auf mich gehört?«

Belinda machte eine Bewegung, als wolle sie ihrer Jugendfreundin um den Hals fallen, doch sie hielt inne, gab sich einen Ruck, ganz die beherrschte Engländerin. *Keep a stiff upper lip*, dachte Anna.

»Entschuldigt meine Emotionalität«, sagte Belinda.

»Warum sich entschuldigen in dieser … dieser Situation?«, fragte Friedrich Gontard ganz ruhig, ging auf Belinda zu und nahm sie in die Arme.

Wie hilflos wir sind in solchen Extremsituationen, dachte er, und wie beschränkt ist doch unsere Sprache. Wo die Gefühle am dichtesten und heftigsten sind, fehlen uns die Worte, diese Gefühle auszudrücken.

»Wo bleibst du, Mum?«

Eine junge Frau stand im Türrahmen. Aus dem hübschen Mädchen von einst war eine attraktive junge Frau geworden. Sie hatte das rötlich-blonde Haar der Mutter geerbt. Die beiden rotblonden Kinder Emma und Lilli mit ihren vielen lustigen Sommersprossen hatten wie Schwestern gewirkt damals.

»Anna, Friedrich«, Emma kam auf die Gäste zugeeilt, flog förmlich in ihre Arme wie damals die neunjährige Emma.

»Zur Unzeit kommen wir. Wirklich zur Unzeit. Es tut uns so … so schrecklich leid.«

Friedrich Gontard war um Worte verlegen, und auch Anna wusste nichts mehr zu sagen.

War Emma ihrem Großvater zugetan gewesen? William Taylor jedenfalls war damals ganz närrisch gewesen mit seiner kleinen Enkelin. Die geröteten Augenlider der jungen Frau ließen vermuten, dass sie geweint hatte, obwohl sie nun wie ihre Mutter viel Haltung bewies.

»Wir werden immer wieder vom Leben überrascht. Oder vom

Tod, wie man es nimmt«, sagte Emma, und aus dem Mund einer solch jungen Frau klang es sonderbar abgeklärt und weise. »Und ihr könnt doch nichts dafür, dass Grandpa ausgerechnet jetzt …«

Sie schaute zu Boden. Belinda nahm die Tochter zart am Ellbogen und sagte zu den Besuchern:

»Lasst uns hineingehen. Oder …«

Mit einem kurzen Blick auf Friedrich Gontard fuhr sie fort: »Aber ein ehemaliger Kripochef hat schon viele Tote gesehen, denke ich.«

Und ein ehemaliger Soldat auch, dachte Friedrich Gontard, doch diesen Gedanken behielt er lieber für sich.

Als Anna mit ihrem Mann hinter den beiden Frauen herging, fiel ihr auf, dass beide im gleichen klassisch-eleganten Stil gekleidet waren. Die Belinda der 80er Jahre war ihrem konservativ-edlen Stil treu geblieben. Beide Frauen, Mutter und Tochter, waren in Schwarz und Grau gekleidet, trotz des sommerlichen Wetters. Trauerfarben, dachte Anna. Als hätten sie morgens beim Ankleiden schon geahnt, was an diesem hellen Sommertag passieren würde. Welch seltsame Gedanken in dieser Situation, dachte Anna. Leicht fröstelnd folgte sie den Gastgeberinnen durch das kühle, düstere Gemäuer hin zu dem Raum, aus dem weiterhin Stimmengewirr drang, nun aber eher gedämpft und unheimlich.

Kapitel 9 | Empfang

Den Gontards bot sich ein Szenario, wie man es schon einmal auf einem Gemälde des 18. oder 19. Jahrhunderts zu sehen geglaubt hatte: ein Sterbezimmer. Ein toter alter Mann liegt in einem Lehnstuhl, umringt von seinen Familienangehörigen. Anna und Friedrich Gontard erkannten sogleich William Taylor. Ab einem gewissen Alter scheinen sich Menschen äußerlich nicht mehr wesentlich zu verändern. Er schien friedlich zu schlafen, die Gesichtszüge wirkten entspannt.

»Er ist noch nicht lange tot«, sagte ein Mann, der sich als Dr. Bailey vorstellte, der Hausarzt der Familie. Er war um die sechzig, und mit seinem graumeliertem Haar, der schlanken Gestalt und dem großkarierten Jackett über der Hose aus braunem Cord entsprach er dem Prototyp des *country squire*, des Landedelmanns.

»Seit etwa drei Stunden, würde ich schätzen.«

»Vor vier Stunden habe ich Vater noch lebendig gesehen, da habe ich ihm einen Tee gebracht«, bestätigte Belinda. »Das war gegen 13 Uhr. Er war etwas müde und klagte über die für seinen Geschmack zu hohen Temperaturen.«

Der irische Setter lag zu Füßen seines toten Herrn. Ganz unwillkürlich ging Friedrich Gontard auf den Hund zu, streichelte ihm das zottelige Fell, kraulte ihm die hubbelige Stelle zwischen den Ohren, wie er es bei Belami immer getan hatte. Eine Geste, die ihm immer noch fehlte und in ihm nach wie vor ein Gefühl der Leere auslöste.

Sir Percival hob den mächtigen Kopf und schaute ihn mit dem

traurigen Blick an, der Hunden zu eigen ist. Er hatte in dem Fremden den Tierfreund erkannt. Erst jetzt sah Friedrich Gontard, dass in der Nische am Erkerfenster ein alter Mann in einem Rollstuhl saß und ihn unentwegt anblickte.

»Geht es Ihnen besser, Mr. Bloom?«, fragte Dr. Bailey.

Das schicke blaue Cabrio vorm Seiteneingang könnte ihm gehören, dachte Anna und schämte sich erneut dafür, angesichts eines Todesfalls solch banale Gedanken zu haben.

»Ja«, antwortete der Angesprochene. »Ich habe mich von meiner Ohnmacht erholt dank Ihrer ärztlichen Assistenz. Wissen Sie, ich bin zäh.«

»Das ist Sigmund Bloom«, sagte Belinda. »Dads bester Freund. Er hat ihn gefunden.«

Sie wollte dem alten Herrn die Gäste vorstellen, aber er kam ihr zuvor und sagte in etwas gestelztem, altmodischem Deutsch: »Dann habe ich die Ehre, in dieser traurigen Situation das Ehepaar Gontard kennenzulernen?«

Was fast ein wenig ironisch klang, war ernst gemeint.

»Mein Deutsch ist nicht mehr ganz up-to-date, das müssen Sie vielmals entschuldigen. Ich war 1940 zum letzten Mal im schönen Land der Dichter und Denker. Doch der Worte sind genug gewechselt, wie Goethe sagte, oder war es Schiller? Gleichviel. William Taylor war ein großartiger Freund. Ohne ihn hätte ich niemals die Liebe meines Lebens kennengelernt. Aber ich rede und rede. Das ist meine Art, Traurigkeit zu besiegen. Will hat sich so sehr gefreut auf Sie. ›Nun sind wir bald drei alte Männer aus der Kriegsgeneration, hat er gestern noch gesagt. Friedrich Gontard war wie ich ein deutscher Soldat wider Willen. Du wirst ihn mögen, Sigmund.‹«

Friedrich Gontard, der einen Anflug von pfälzischem Dialekt bei Sigmund Bloom wahrnahm, mutmaßte: »Bis 1940 waren Sie in Deutschland, wie ich annehme. Bis zum 22. Oktober 1940, oder? Dann darf ich annehmen, dass Sie damals nach Gurs deportiert wurden?«

Die beiden alten Männer schwiegen.

»Sie sind Pfälzer?«, fragte Anna. »Und Sie haben in der Pfalz gewohnt? Wie ich auch in meiner Kindheit. Dann sind wir ja Landsleute.«

Sie ging auf Sigmund Bloom zu, reichte ihm die Hand.

»Wo man Kind war, da ist Heimat«, sagte der alte Mann, und Anna nickte stumm.

Nun machte sich Schweigen im Raum breit. Belinda und Emma waren an den Lehnstuhl herangetreten, in dem Will Taylor wie schlafend lag, und jede der beiden Frauen ergriff eine Hand des Toten. Keine der Frauen weinte. Wie beherrscht sie sind, dachte Anna.

Von draußen hörte man einen Wagen brausend in die Einfahrt kommen. Eine Autotür wurde laut zugeschlagen. Belinda löste sich aus der Starre, fuhr für einen Moment zusammen, war gleich darauf wieder ruhig und gefasst. Ihr Gesicht zeigte keine Regung von Ärgernis oder Erschrecken.

»Was will der Doktor hier?«, vernahm man schon von der Diele her eine polternde Stimme. »Das blaue Cabrio steht auf meinem Parkplatz. Und der VW-Bus mit dem deutschen Kennzeichen? Die Gäste? Das …«

Er blieb wie angewurzelt auf der Türschwelle stehen, musterte die Szene, verstummte für einen Moment. Roderick Charlton hätten die Gontards nicht mehr wiedererkannt, wäre er ihnen auf der Straße begegnet. Er war füllig geworden, ja sogar unförmig dick. Sein Gesicht war aufgedunsen und gerötet. Der hübsche junge Mann von 1964, der immer noch passabel aussehende Mann mittleren Alters von 1982, was war aus ihm geworden? Sein schütteres Haar zeigte unter dem Grau noch Spuren des einstigen Hellblond. Aus wasserblauen, leicht vorquellenden Augen, unter denen dunkle Ringe lagen, schaute Roderick von einem zum anderen, bis sein Blick auf dem Toten hängenblieb.

»Exitus?«, fragte er.

Niemand antwortete auf die Frage. Am allerwenigsten Dr. Bailey, der aus seiner Aversion dem Hausherrn gegenüber keinen Hehl machte. Seine Mimik sprach Bände.

»Da kommt ihr zu spät«, sagte Roderick Charlton an die Gontards gewendet. »Mein Schwiegervater hat sich so auf seine Landsleute gefreut, und nun kann er nicht mehr sagen, was er so alles sagen wollte. *Life is a tale told by an idiot*«, zitierte Roderick Charlton, der ewige Zyniker, die ebenfalls zynischen Worte von Macbeth.

»Nun ist es aber genug, Vater.«

Emma war die Erste, die das betretene Schweigen brach, das sich über die Zeugen der peinlichen Szene gelegt hatte.

»Grandpa ist tot, und du musst auch jetzt noch deine destruktiven Sprüche loswerden.«

Emmas äußerst beherrscht, doch sehr bestimmt und energisch ausgesprochenen Worte wirkten auf ihren cholerischen Vater wie ein Wundermittel. Jetzt erst merkten die Gontards, dass Roderick nicht mehr nüchtern war. War er es überhaupt jemals noch? Sein gedunsenes Gesicht, die blutunterlaufenen, vorquellenden Augen ließen vermuten, dass Nüchternheit seit vielen Jahren für den Hausherrn ein unbekannter Zustand geworden war.

Sigmund Bloom, der mit seinem Rollstuhl wieder dezent in der Nische des Erkers mit den bleiverglasten Fenstern verschwunden war, ließ sich nun vernehmen, was bei Roderick eine Geste des Erschreckens auslöste. Er hatte den alten Mann im Halbdunkel des großen Raums nicht bemerkt.

»Mehr Pietät hätte Ihr Schwiegervater schon verdient. Sie sind ihm doch in vieler Hinsicht zu Dank verpflichtet.«

Der kleine gebrechliche alte Mann im Rollstuhl strahlte eine solche Autorität und eine solche Würde aus, dass jeder Versuch der Widerrede im Keim erstickt wurde.

In einem kläglichen Versuch, sich pietätvoll zu zeigen, machte Roderick Charlton einige Schritte auf den Lehnstuhl zu, in dem sein Schwiegervater zu ruhen schien, und er murmelte etwas Unverständliches. Ein Gebet? Leicht schwankend nahm er Platz neben seiner Tochter Emma und verhielt sich von nun an still. Wieder hörte man einen Wagen vorfahren, diesmal leise.

Auch die Schritte im Flur waren diesmal dezent. Kein Poltern und kein Krachen.

»Was ist mit Grandpa geschehen? Doch nicht etwa …?«

Die junge männliche Stimme hielt inne.

Der Neuankömmling eilte zu dem Lehnstuhl mit dem Toten hin, fiel auf die Knie und stammelte: »Das ist doch nicht möglich.«

Er drehte sich zu Belinda und Emma um, umarmte die beiden Frauen sichtlich bewegt. »Grandpa ist tot, Trevor«, sagte Belinda. »Und da sind unsere Gäste aus Deutschland.«

Der junge Mann hatte widerborstige, rote Haare, ein fast asketisch wirkendes, hageres Gesicht, eine schmale Nase und stechend hellblaue Augen.

Vincent, dachte Anna, das ist ja mein geheimnisvoller Maler von Sissinghurst Park. Die Gontards schauten sich verstohlen an. Der junge Mann schien die beiden im Halbdunkel des Zimmers nicht wiedererkannt zu haben.

»Trevor Lytton-Jones«, sagte der junge Mann höflich, an die Gäste gewendet. »Ich bin Emmas Mann.«

Er legte den Arm um Emmas Schultern. Sie ließ es geschehen, ohne ihre starre Haltung aufzugeben.

»Armer Grandpa«, sagte sie nur. »Armer Grandpa«, wiederholte sie, und bei diesen Worten kippte sie völlig unvermutet um und wurde gerade noch von ihrem Mann aufgefangen.

»Alte Männer sterben eben.«

Es war Roderick, der zu seinem alten zynischen Selbst zurückgefunden hatte.

Vielleicht wollte er seine Tochter trösten, dachte Anna Gontard.

Dieser Mann ist eine einzige Peinlichkeit, dachte Friedrich Gontard. Welch ein Scheusal.

»William Taylor ist eines natürlichen Todes gestorben«, konstatierte der Hausarzt, Dr. Bailey, abschließend. »Schade, dass er sich bis zuletzt meiner ärztlichen Kunst verweigert hat. Er könnte vielleicht noch leben.«

Der alte Herr, der in der Nische des Sterbezimmers in seinem Rollstuhl saß, zweifelte an den Worten des Mediziners. Und ein anderer älterer Herr teilte seine Zweifel. Was nur wollte William Taylor mir sagen, fragte sich Friedrich Gontard. Und ein Gefühl von schlechtem Gewissen beschlich ihn, aber er wusste nicht, warum.

Kapitel 10 | Virginia

»Wo ist eigentlich unsere jüngste Tochter?«

Rodericks Frage klang ungehalten und sarkastisch, wie es seinem Charakter entsprach.

»Hier ist sie, die jüngste Tochter, und …«

Die junge Frau, die den Raum betrat, hielt mitten im Satz inne, nahm die Szene auf, näherte sich ungläubig dem Lehnstuhl, in dem William Taylor lag. Wie ihr Schwager Trevor Lytton-Jones es vor ihr getan hatte, fiel sie auf die Knie, ergriff die kalte Hand des alten Mannes.

Das muss Virginia sein, dachte Anna. Die Nachgeborene.

Wie wenig sie ihrer älteren Schwester glich. Die rothaarige, leicht üppige Emma Lytton-Jones und die zierliche Jüngere mit der hellblonden Kurzhaarfrisur hätte man nie für Schwestern gehalten, hätte man es nicht gewusst.

Mit einer burschikosen Geste strich sich Virginia durch das dichte Blondhaar und fragte ihren Schwager, der immer noch neben ihr vor dem Toten kniete: »Hat Grandpa noch eine Nachricht für mich hinterlassen?«

Sie zögerte: »Ich meine, hat Grandpa noch irgendetwas gesagt, bevor …?«

Ihre Stimme zitterte leicht, doch sie beherrschte sich augenblicklich.

Eine disziplinierte Familie, dachte Friedrich Gontard. Er schaute kurz zu Anna hinüber, die Ähnliches zu bewegen schien.

Bei den Worten der jungen Frau durchfuhr es Sigmund Bloom in seiner Nische. Keiner bemerkte, wie er prüfend zur Tasche seiner Tweedjacke tastete. Der Brief war noch da. Für einen kurzen Augenblick hatte er befürchtet, dass während seiner Bewusstlosigkeit der Brief aufgefallen oder gar in falsche Hände geraten war. Wie gespannt er den Moment herbeisehnte, wo er zuhause war und ihn endlich in aller Ruhe würde lesen können. Für wen er wohl bestimmt war? Er hatte das Gefühl, dass es ganz im Sinne seines verstorbenen Freundes war, dass er den Brief an sich genommen hatte. Und wer weiß, vielleicht hatte er ja ihm gegolten und Will hatte keine Zeit mehr gehabt, den Adressaten auf den Umschlag zu schreiben. Würde der Inhalt des Briefs den Verdacht erhärten, den er seit geraumer Zeit hegte? *Denn was man schwarz auf weiß besitzt, kann man getrost nachhause tragen*, dachte Sigmund Bloom. Schiller oder Goethe. Verflixte deutsche klassische Bildung. Sie verfolgte ihn schon ein Leben lang. Eine Halbbildung, denn sie war ja zwangsweise abgebrochen worden durch die Nazis.

Virginia rief plötzlich: »Percy. Sir Percival.« Und sie umarmte den Hund, der nicht von der Seite seines toten Herrn wich, barg ihren Kopf im dichten Fell des Tiers.

Trevor berührte leicht die Schulter seiner Schwägerin und meinte tröstend: »Sir Percival wird Grandpa bald weniger vermissen. Er hat ja jetzt dich.«

Indessen begannen die Charltons zusammen mit Dr. Bailey, das notwenige Procedere zu besprechen. Der Tote würde in die Leichenhalle gebracht werden. Die Anzeige würden in der Lokalpresse, dem *Churchfield Herald*, und auch der *Times* geschaltet werden. Letzteres war man doch seinem sozialen Ansehen schuldig, wie Roderick bemerkte, und er meinte wohl das eigene Ansehen. Die Anordnung für die Feierlichkeiten, die allerdings, und darauf bestand Belinda ausdrücklich, ganz dezent und nur im Rahmen des allerengsten Familienkreises stattfinden sollten.

»Mein Vater hat immer jeglichen Pomp gemieden, und es wäre ganz in seinem Interesse, ihn bescheiden zu verabschieden.«

Nun hielt es Anna und Friedrich Gontard nicht länger, sie mussten etwas sagen.

»Unser Besuch hätte zu keinem unpassenderen Zeitpunkt kommen können«, sagte Friedrich Gontard. »Nun wollen wir eure Trauer nicht länger stören. Wir werden uns im *Fox and Greyhound* einquartieren und morgen abreisen.«

»Wenn du aber unsere Hilfe brauchst, Belinda, dann bleiben wir noch ein bis zwei Tage in Churchfield«, bot sich Anna an.

»Ihr seid meine Gäste, und ihr bleibt hier. Außerdem hat Maude gestern schon das Gästezimmer gerichtet. Ihr könnt solange bleiben, wie es geplant war.«

Alle Beteuerungen der Gontards, sie wollten gewiss nicht stören, waren vergeblich.

»Es ist doch nicht eure Schuld, dass wir nun einen Todesfall haben. Vater hätte gewollt, dass ihr bleibt.«

Roderick Charlton reagierte auf die Worte seiner Frau mit unverhohlenem Ärger, wie seine Miene verriet, doch er hielt zurück, was er wohl gerne gesagt hätte.

Dass Belinda betonte: »Ihr seid meine Gäste« und ihn dabei ausschloss, das musste maßlos an ihm nagen, egoman und dominant wie er war.

»Ihr erinnert euch vielleicht noch an Maude? Sie war schon … damals bei uns im Haushalt. Sie hatte heute ihren freien Nachmittag. Sie wird bald zurück sein aus Winchester, wo sie immer ihre Schwester besucht.«

Die Gontards erinnerten sich sehr wohl an die freundliche, wuselige, rotwangige und immer gutgelaunte Maude Thomas. Sie müsste nun so um die 50 sein.

Von draußen her drangen fröhliche Kinderstimmen ans Ohr der Menschen, die sich im Sterbezimmer befanden.

»Um Himmels willen, die Kinder«, rief Emma erschrocken aus. »Sie sind schon zurück vom Ausflug.«

Zu ihrem Mann Trevor sagte sie: »Amanda soll mit Oliver und

Claire ins Haus gehen und ihnen ihren Tee machen. Zeit zum Abendessen. Auf keinen Fall dürfen die beiden erfahren, was passiert ist. Morgen früh ist immer noch Zeit, ihnen schonend beizubringen, dass ihr geliebter Grandpa William tot ist. Auch Amanda bitte noch nichts sagen!«

Ihre Stimme klang streng. Sprach sie immer in diesem Befehlston zu ihrem Mann?

»Und sieh nach, ob Maude in der Küche ist. Ich denke, sie ist mittlerweile zurück von ihrem Besuch bei ihrer Schwester«, trug Belinda ihrem Schwiegersohn auf. »Bringe ihr bei, was passiert ist, aber so, dass die Kinder und die Nanny das nicht mitbekommen.«

Emmas Befehlston ihrem Mann gegenüber erhielt die Krönung durch die Art und Weise, wie seine Schwiegermutter mit ihm sprach, nämlich wie mit einem Bediensteten. Trevor verließ mit gesenktem Kopf den Raum.

Ich habe Belinda gar nicht als so dominant in Erinnerung, dachte Anna. So herrisch und bestimmend.

»Wir wollen zu Grandpa«, rief die Stimme eines kleinen Jungen.

»Das hat noch Zeit bis morgen, Kinder. Jetzt gibt es das Abendessen. Morgen früh ist noch Zeit genug, Grandpa vom Ausflug zu erzählen«, sagte eine sehr junge Frauenstimme. »Kommt ins Haus, es gibt heute was Besonderes zum Tee.«

Die munteren Kinderstimmen entfernten sich.

Kurz darauf kam eine Frau mittleren Alters ins Sterbezimmer geeilt. Sie blieb wie angewurzelt stehen, als sie den Toten sah. Maude Thomas war nicht zu beruhigen. Ihr gerötetes Gesicht war von Tränen überströmt. Hier gab es jemanden, der seinen Emotionen freien Lauf ließ, ohne sich von gesellschaftlicher Etikette einengen zu lassen.

»Der arme Mister Taylor. Die Guten müssen immer als Erste gehen. Die anderen …«

Erschrocken über ihre eigenen Worte verstummte sie.

Als sie die deutschen Gäste sah, rief sie: »Ach, das ist für Sie aber schrecklich, dass Sie ausgerechnet jetzt den Besuch machen.«

Doch ganz ihre Rolle als Haushälterin wahrnehmend, trocknete sie sich die Tränen mit dem Zipfel ihrer weiß gerüschten Schürze und fragte beflissen: »Darf ich Ihnen behilflich sein mit dem Gepäck? Ich habe alles schön hergerichtet für Sie beide.«

Die einst schwarzen Haare von Maude Thomas waren grau geworden. Sie war nicht nur vom Aussehen her die typische Waliserin, mit dem dunklen Haar und den blauen Augen. Auch ihr Familienname Thomas war typisch walisisch. Sie ging nun vor den Gontards her in Richtung VW-Bus. Nicht nur ihre grauen Haare verrieten, dass sie älter geworden war. Der Gang der einst quirligen jungen Frau war schwerfällig geworden vom vielen Arbeiten.

»Sie müssen doch nicht helfen mit dem Gepäck«, sagte Friedrich Gontard. Doch er hatte Maude Thomas bei der Ehre gepackt. Energisch schnappte sie sich die schwere karierte Reisetasche, die Anna gehörte, und überließ Friedrich den Rollkoffer.

Trevor kam über den Rasen und ging zum *East Wing* zurück. Als er Anna begegnete, die zwei kleinere Taschen trug, sagte er leise zu ihr: »Danke für Ihre Diskretion. Es muss wirklich niemand hier wissen, dass wir uns schon in Sissinghurst begegnet sind.«

»Freilich«, stammelte Anna Gontard.

Maude Thomas war schon im Haus verschwunden, doch Friedrich hatte Trevors Worte mitbekommen. Sie konnten sich auf die rätselhaften Worte des Schwiegersohns ihrer Gastgeber keinen Reim machen.

Kapitel 11 | Die Nanny

Das Frühstück wurde fast schweigend eingenommen. Im wunderschön und geschmackvoll eingerichteten Salon entfaltete sich die ganze Pracht des großbürgerlichen Haushalts der Familie Charlton: Der Wohlstand der *upper middle class* gepaart mit dem stilsicheren Gespür der Hausherrin, wie Anna und Friedrich Gontard wussten. Im Wesentlichen hatte sich wenig verändert seit dem Besuch vor über 20 Jahren. Immer noch standen das englische Porzellan oder Steinzeug der Marken *Chelsea, Royal Doulton, Wedgwood* und *Royal Worcester*, die Statuetten und die Prachtuhr auf dem Gesims über dem offenen Kamin. Die großblumigen Laura-Ashley-Vorhänge aus schwerem Damast waren zurückgezogen und ließen das strahlende Licht des Frühsommermorgens herein. Jetzt erst bemerkte Anna die angespannten und leicht verhärmten Gesichtszüge der Jugendfreundin, den Zug von Verbitterung um den immer noch schönen, dezent geschminkten Mund. Beim Eingießen des Morgentees entging den Gontards keineswegs das leichte Zittern in Belinda Charltons gepflegten Händen. Die Stimme klang ungeduldig und fordernd, als sie nach der Nanny fragte.

Wo sie wohl blieb mit den beiden Kindern? Anna hatte schon die kleinen Geschenke bereitgelegt, die sie für die Kinder besorgt hatte. Vielleicht würden sie helfen, die Situation etwas zu entspannen.

Roderick, der geräuschvoll seinen Kaffee schlürfte und sich gerade eines dieser fetttriefenden Würstchen in den Mund stopfte, die zum englischen Frühstück gehörten wie die gebackenen

Tomaten zusammen mit *Baked Beans*, Toast, Rührei und *Bacon*, zog spöttisch die Augenbrauen hoch, als seine Frau ihre Strategie darlegte, Oliver und Claire schonend den Tod des Urgroßvaters beizubringen. Doch er verkniff sich einen Kommentar, vielleicht auch deshalb, weil er zu sehr damit beschäftigt war, sein opulentes Frühstück zu genießen.

Die Tür ging auf, und das schönste Mädchen, das die Gontards seit langem gesehen hatten, trat ein.

»Amanda Beckmann, unser Juwel«, stellte Roderick die junge Frau vor. »Unser Au-pair aus Deutschland. Belinda besteht auf allem Deutschen, sie hat diesen germanophilen Tick, das muss genetisch sein.«

Er lachte über seinen sehr geistreichen Witz.

»Komm her, du Schöne«, forderte er die junge Frau auf. »Nimm Platz neben deinen Landsleuten.«

Und er wies Amanda den leeren Stuhl zwischen sich und den Gontards an. Das Au-pair-Mädchen zeigte keine Regung. Der makellos weiße Teint zeigte keine Rötung von Ärger oder Scham. Amanda Beckmann war groß gewachsen, fast überschlank, sie hatte eine Modelfigur. Ihr Gesicht war ebenmäßig mit einer hübschen Nase, einem vollen, ausdrucksstarken Mund. Die dunkelblauen Augen mit den langen dichten Wimpern bildeten einen aparten Kontrast zu dem schulterlangen pechschwarzen Haar. Wie Maude Thomas der keltische Typ, den man oft in Irland oder Wales antrifft, aber hier die deutsche Version. Sie nahm ruhig und besonnen Platz und begrüßte die neben ihr sitzenden Gontards höflich, aber knapp. Die Worte des polternden Gastgebers hätten für peinliche Stille gesorgt, wenn nicht zwei Kinder in den Salon gestürmt wären. Amanda sprach streng, aber freundlich auf die beiden ein, und sie gaben ihren Großeltern einen Kuss. Ein herzlicher Kuss für Belinda, aber eher zögerlich, was Roderick betraf. Dann gingen sie zu den Gästen hin und gaben ihnen wohlerzogen die Hand. Das Händeschütteln, eine eher unenglische Sitte, war wohl auf das deutsche Kindermädchen zurückzuführen. Man hätte Oliver und Claire gerne umbenannt in Cedric und Alice, denn der achtjährige Oliver mit seinem weißblonden Pagenkopf, den hellblauen großen Augen und dem verschmitzten Lächeln glich verblüffend dem kleinen Lord Cedric Fauntleroy aus dem bekannten Kinderbuch von Frances Hodgson Burnett. Die kleine fünfjährige Claire mit ihren nussbraunen großen Augen blickte verträumt wie *Alice in Wonderland*. Ihr hellbraunes glänzendes Lockenhaar war mit einem lilafarbenen Band zusammengehalten. Es fehlte nur der blaue Samtanzug mit dem gestärkten Spitzenkrägelchen, und aus dem kleinen Oliver wäre der »feine Pinkel« geworden, zu dem sich der kleine Lord Fauntleroy gemausert hatte, und Claire hätte mit einem feinen Taftkleidchen ihrem Double aus dem Kinderbuch von Lewis Carroll wie aufs I-Tüpfelchen geglichen.

Doch sie trugen modernes, wenn auch sichtbar teures Outfit, wie Anna feststellte, die sich als Oma von zwei Enkeln in Markenkleidung für Kinder recht gut auskannte. Erst neulich hatte sie ein Oilily-Sommerkleidchen für ihre kleine Enkeltochter Lotta gekauft, das mit seiner ungewöhnlichen Farbkomposition Rosa-Orange-Lila-Grasgrün-Hellblau, typisch für diese Manufaktur, dem Kleid von Claire glich wie ein Ei dem andern. Olivers T-Shirt mit der Steppapplikation eines Bären und der Aufschrift *The Bear You Hear* sah ebenfalls eher edel aus.

»Darf ich den Kindern ihre Geschenke geben?«, fragte Anna.

Die erwartungsvollen Augen der Kinder waren Antwort genug. Die Käthe-Kruse-Puppe mit den hellblonden Zöpfen für Claire und der große Lego-Baukasten für Oliver waren gut ausgewählt worden. Anna war erleichtert, denn sie war sich keineswegs sicher gewesen, ob sie den Geschmack der Kinder getroffen hatte, die, wie sie ja wusste, in einem wohlhabenden Haushalt lebten und bestimmt schon »alles hatten«, wie man so sagt.

Seltsam, die Kinder hatten ganz vergessen, nach Grandpa William zu fragen, zu interessant waren die Besucher mit ihren

Geschenken. Doch dann, nachdem Amanda Beckmann mit den beiden die Spielsachen begutachtet hatte, fragte Oliver: »Wo ist Grandpa William?«

Die kleine Claire, die intuitiv eine gewisse Spannung bemerkt haben musste, begann zu weinen. Belinda gab dem Au-pair-Mädchen ein Zeichen. Nun war es an der Zeit, den Kindern schonend die Wahrheit beizubringen. Die beiden Frauen führten die Kinder aus dem Salon hinaus und gingen hoch ins Kinderzimmer. Die Geschenke der Gontards nahmen sie mit nach oben.

Roderick war nun mit den Gontards allein, und er sagte etwas höchst Erstaunliches: »In England ist es ein offenes Geheimnis, dass es eine hohe Dunkelziffer gibt, was den Tod alter Leute betrifft. Die meisten sterben angeblich eines natürlichen Todes. Aber ein nicht unbeträchtlicher Teil der Alten werden – und es ist ein offenes Geheimnis – Mordopfer. Keiner schöpft Verdacht, denn alte Leute sterben eben. Hat der Herr Ex-Kommissar aus Deutschland etwa auch einen Verdacht, was das Ableben meines Schwiegervaters betrifft? Es würde mich nicht wundern. Wir sind doch eine merkwürdige Familie mit jeder Menge Aggressionspotential. Das habt ihr doch bemerkt? Oder etwa nicht?«

Und er schaute lauernd zu Friedrich und Anna Gontard hinüber. »Tochter und Schwiegersohn erscheinen nicht beim Frühstück, denn Emma muss noch in den Federn liegen und ihre beiden Kinder der Nanny überlassen. Trevor ist vielleicht schon wieder mit seiner Staffelei unterwegs in Feld, Wald und Flur, weil er sich zum Künstler berufen fühlt und seine grässlichen Bilder malt, statt einem ordentlichen Beruf nachzugehen. Und Virginia ist schon seit sechs Uhr früh mit ihren Hunden und Pferden unterwegs. Trevor nenne ich übrigens Vincent, weil er dem verrückten Maler Vincent van Gogh ähnlich sieht mit seinen roten Borsten und dem zerfurchten Gesicht. Und Trevors Bilder scheinen ebenfalls der Fantasie eines Irren entsprungen, genau wie die Gemälde seines holländischen Vorbilds.«

Anna spürte, wie ihr Mann ihr ganz sachte auf die Füße trat, und sie biss sich auf die Lippen, unbemerkt von Roderick, der, erschöpft von seinem Redeschwall, sich nach hinten in seinen Windsor Chair zurücklehnte und endlich schwieg.

Nach einer kleinen Weile brach Friedrich Gontard das Schweigen: »Lieber Roderick«, sagte er, und diese Anrede fiel ihm sichtlich schwer. »Freilich gibt es in Deutschland auch eine solche Dunkelziffer, und mir ist bestimmt dadurch der eine oder andere Mordfall entgangen.«

Er klang nun gegen seinen Willen wie sein Gastgeber fast zynisch. »Aber in diesem Fall möchte ich doch darauf hinweisen, dass William Taylor ein liebenswerter Mensch war und keine Feinde hatte und somit ein glaubhaftes Motiv fehlen würde, um eine andere Todesursache als die eines ganz natürlichen Todes anzunehmen.«

»Haha«, lachte Roderick. »Mein *black humour* wurde als bare Münze genommen. Alles nur ein Scherz. Freilich ist der alte Knabe nicht umgebracht worden. Wie gesagt: warum auch und wie denn? Er hatte ein schwaches Herz. Es gibt keine andere Erklärung. Aber vielleicht hat ja Dr. Bailey seine Hand im Spiel. Es soll vorgekommen sein, dass Hausärzte sich bereichern am Ableben betuchter Patienten.«

Damit stand er abrupt vom Frühstückstisch auf.

»Ich habe zu tun. Das Übliche, Erbstreitereien. Belinda wird gleich erscheinen.«

Er verließ polternd den sonnendurchfluteten Raum. Eine Tür schlug schwer ins Schloss.

Anna und Friedrich Gontard schauten sich schweigend an.

Anna goss ihrem Mann eine letzte Tasse Tee aus der hochpolierten Silberkanne ein und seufzte.

»Es war ein Fehler, nicht nach Frankreich gefahren zu sein«, sagte sie zu ihrem Mann, der stumm nickte.

Kapitel 12 | Eine Einladung

Belinda betrat das Zimmer. Sie musste Annas Worte aufgeschnappt haben, denn sie rief überaus freundlich: »Ihr dürft euch durch Rodericks Art nicht irritieren lassen. Er hat momentan viel Stress im Beruf, und unsere Großfamilie strengt ihn an. Vier Generationen unter einem Dach, das ist nicht so leicht. Das ist für heutige Verhältnisse doch sehr ungewöhnlich.«

Sie korrigierte sich: »Ach nein, es sind nun ja nur noch drei Generationen. Grandpa William wird sehr vermisst werden. Oliver und Claire verstehen noch nicht ganz, was es heißt, dass sie ihn nun nie mehr sehen können. Amanda war eine große Hilfe eben. Sie hat die Kinder abgelenkt, und eure Geschenke waren hilfreich. Claire hat ihre Puppe fest an sich gedrückt, sie gibt sie nicht mehr aus der Hand, und Oliver hat sich ins Bauen mit seinen Legosteinen vertieft. Er ist wie in einer eigenen Welt mit Burg, Drachen und Rittern. Amanda ist wirklich ein Juwel, und nun ist sogar auch Emma bei den Kindern. Sie brauchen ihre Mutter jetzt.«

Belinda gab keine Erklärung ab, weshalb Emma beim Frühstück gefehlt hatte. Das Nichterscheinen ihres Schwiegersohns kommentierte sie mit keinem Wort. Und auch Virginia erwähnte sie nicht.

Eine Großfamilie unter einem Dach. Da gab es wohl eigene Gesetzmäßigkeiten.

Anna schaute versonnen in den Garten hinaus. Die Rosen blühten üppig, eine späte englische Sorte: Teerosen. Safrangelb und schimmernd wie Samt.

»Wir würden so gerne behilflich sein, Belinda«, sagte Friedrich Gontard. »Bist du dir wirklich sicher, dass wir bleiben sollen?«

»Bitte reist nicht ab!«

Belindas Worte klangen geradezu flehentlich, so als suche sie Verbündete in einer feindlichen Welt.

Sie fügte hinzu: »Ich habe zufällig noch gehört, was Roderick mit euch gesprochen hat. Ich meine seinen makabren Scherz. Er liebt es, seine Mitmenschen zu verunsichern und zu testen, ob sie seinen Sinn für schwarzen Humor teilen. Wie absurd, überhaupt zu erwähnen, Vaters Tod könne kein natürlicher sein. Und er unterstellt unserem Hausarzt … dubiose Machenschaften.«

Sie hielt inne, und wie Anna schaute sie in den Garten hinaus. Die Teerosen leuchteten im Sonnenlicht.

»Nie würde Edward …«

Sie bemerkte, dass die Gontards mit diesem Namen nichts anzufangen wussten. Wer ist Edward, schienen ihre Blicke zu fragen.

»Ich meine Dr. Edward Bailey«, erklärte Belinda. »Er ist von einer Integrität, die über alle Zweifel erhaben ist.«

Sie wurde fast ärgerlich, als sie hinzufügte: »Roderick kann Dr. Bailey nicht leiden, und außerdem: Alles war ja nur ein Scherz.«

Maude Thomas, die Haushälterin, räumte den Frühstückstisch ab. Belinda hüllte sich immer noch in Schweigen, was ihren Schwiegersohn betraf. Wo war der Vater ihrer Enkel? Stand er seiner Frau Emma bei, den beiden Kindern den Tod von Grandpa William zu erklären? Den Verlust zu erleichtern? Dieser Schwiegersohn war Anna Gontard ein Rätsel. Und sie wusste, dass es ihrem Mann ebenso erging.

»Ich habe nun einige Formalitäten zu erledigen«, sagte Belinda. »Und ich kann euch nicht die Gastgeberin sein, die ich unter normalen Umständen gewesen wäre.«

»Aber das ist doch selbstverständlich«, antwortete Friedrich Gontard. » Anna und ich, wir können uns gut alleine beschäftigen. Wir machen einen Rundgang durch Churchfield. Vielleicht schaue ich mal bei *Robin Lloyd Antiques* rein. Damals habe ich da ja einige schöne Kerzenleuchter gekauft und eine Mondphasenuhr.«

»*Robin Lloyd Antiques* existiert nicht mehr«, sagte Belinda. »Das heißt, es gibt einen Nachfolger, aber der Laden läuft nicht. Der Geschmack geht hier bei uns nicht mehr in Richtung Antiquitäten. Die jungen Leute vor allem …«

»… bevorzugen IKEA-Möbel und Shabby Look, ich weiß«, führte Friedrich Gontard Belindas Satz weiter. »Ich habe mit Schrecken IKEA-Möbelhäuser entdeckt, als ich hierherfuhr. Der gleiche Trend wie bei uns in Deutschland. So schade, dieser Einheitsstil.«

Das Telefon klingelte. Belinda ging hinaus, kam wenig später zurück.

»Sigmund Bloom fragt, ob ihr ihn besuchen wollt. Er wohnt nicht weit von hier. An der Kirche vorbei und gleich hinter dem ehemaligen Laden von Robin Lloyd. Wir sehen uns dann am Nachmittag, denke ich, denn Sigmund möchte euch zum Lunch einladen.«

Die trutzige Kirche lag hinter Bäumen verborgen, nur der eckige Turm ragte aus dem dichten Laub hervor. Umgeben von gepflegtem Rasen, der trotz der Sommerhitze dunkelgrün geblieben war, vielleicht dank eines fleißigen Friedhofsgärtners, standen alte Grabsteine mehr oder weniger schief in der Erde.

»Dort drüben, der älteste Stein«, erinnerte sich Anna. »Das ist doch das Grabmal von Mary Morgan, der Kindsmörderin.«

Nahe der Kirchhofmauer stand dieser Stein, der zur Gedenkstätte geworden war.

»*Mary Morgan, an innocent victim. Executed in April 1805*«, las Anna laut, und sie erklärte ihrem Mann: »Ja, sie war ein unschuldiges Opfer, diese Mary Morgan, die im April 1805 hingerichtet wurde. Als Dienstmädchen im gräflichen Haushalt des Nachbarorts hatte sie gearbeitet und war schwanger geworden. Sie tötete das Kind, das sie heimlich in ihrer Stube gebar, gleich nach der Geburt, die Köchin aber entdeckte die Tat. Mary Morgan wurde der Prozess gemacht. Sie weigerte sich, den Namen des Vaters des Kindes zu nennen. Es galt als offenes Geheimnis, dass sowohl der Hausherr als auch sein Sohn dem Mädchen nachgestellt hatten: Sie war eine auffallende Schönheit gewesen. Der Hausherr hatte den Vorsitz bei Gericht und stellte Mary als eine Verführerin, eine Hexe dar, die den Männern keine Chance ließ, ihren Reizen zu widerstehen. Verteidigte er damit sich selbst oder seinen Sohn? Mary Morgan wurde zum Tod durch den Strang verurteilt, die Hinrichtung fand noch am gleichen Tag statt. Nach ihrem Tod kam es zu einer Legendenbildung um sie, sie wurde wie eine Heilige verehrt. Im gräflichen Herrenhaus passierten danach schreckliche Dinge. Es gab Krankheit und Tod und Selbstmorde in der adligen Familie, und alle Kinder der Grafenfamilie starben einen frühen und mysteriösen Tod, was der Legendenbildung um Mary Morgan noch mehr Nahrung gab. Es ging bald das Gerücht um, dass das Mädchen bei seiner Hinrichtung einen Fluch ausgesprochen hatte über den Vater ihres Babys und über dessen ganze Familie. Belinda hat mir das alles erzählt bei unserem letzten Besuch.«

Anna und Friedrich Gontard blieben eine Weile nachdenklich an der Mauer stehen, um die Inschrift zu lesen: *Rest in Peace*.

Vor dem Grabstein aus grauem Granit lag ein Strauß frischer Blumen. Es waren gelbe Blumen, und bei näherem Hinsehen konnte man erkennen, dass es Goldregen war, in den gelbe Rosen eingebunden waren. Teerosen in Safrangelb und samtig schimmernd.

Die Gontards gingen nun in Richtung Primrose Lane, wo Sigmund Bloom sie gewiss schon ungeduldig erwartete. Gontard freute sich schon sehr auf diesen Besuch und den Gedankenaustausch mit diesem Altersgenossen, einem Mann seiner Generation, einer Generation, die nicht auf Rosen gebettet gewesen war. Und Sigmund Bloom war noch weit weniger als er auf Rosen gebettet gewesen.

Das ehemalige Antiquitätengeschäft von Robin Lloyd trug noch den schönen alten Ausleger in schwarz mit der goldenen Aufschrift: *Robin Lloyd Antiques*. Doch ein Blick ins Schaufenster des

Ladens schien Belindas Aussage zu bekräftigen, dass der Nachfolger glücklos war. Wo früher perfekt restaurierte Mahagonimöbel aus der Regency-Ära und der viktorianischen Epoche ausgestellt waren, dekoriert mit englischem Porzellan und Steingut und mit viel edlem Silbergeschirr, standen hier einige schäbige Sessel, ein Sofa mit abgewetztem Bezug, einige Bilder, die Friedrich Gontard, der Hobby-Antiquitätenexperte, mit Kennerblick sofort als wertlose Drucke erkannte. Die Replik einer Szene, die sowieso schon freudlos war: eine Fuchsjagd mit hechelnden Hunden und in die Enge getriebenen, angstvollen Beutetieren. Wo waren die schönen Gemälde, wenn auch nicht gerade von Turner, Reynolds und Constable selbst, so doch aus deren künstlerischem Umfeld? Wo die *romantic landscapes* aus dem 18. und 19. Jahrhundert, die im gepflegten Antikladen von Robin Lloyd einem wählerischen Publikum angeboten worden waren? Wo die präraffaelitischen Frauen mit ihrem wehmütig-melancholischen Blick, ihren Schmollmündern und ihrem Kupferhaar? *O Tempora o mores*, dachte Friedrich Gontard mit Bedauern. Der Zeitgeist, der Ungeist der Moderne mit ihrem Einheitsstil hatte auch England nicht verschont. Diesmal würde er keinen Fuß in dieses Geschäft setzen, das nur nostalgische Gedanken in ihm auslöste und ihn nicht reizen würde, nur einen einzigen Penny dazulassen. Und er würde Robin Lloyd vermissen, mit dem er beim letzten Besuch gerne Tee getrunken, Pfeife geraucht und gefachsimpelt hatte. Ja, 1982 war er noch nicht zum Zigarrenrauchen umgeschwenkt, wie er sich nun erinnerte.

»Da vorne, die Primrose Lane«, rief Anna.

Das Häuschen mit der hellblauen Tür und dem *bay window*, wie es Belinda beschrieben hatte, tauchte gleich rechts auf.

»Pass auf«, schrie Anna erschrocken.

Sie konnte ihren Mann gerade noch am Ärmel fassen, bevor er vom Bordstein auf die Straße trat.

»Zuerst nach rechts, dann erst nach links gucken, sonst wirst du von rechts umgefahren. Wir sind hier nicht in Deutschland.«

Das Auto hätte ihn unweigerlich erfasst, obwohl der Fahrer nicht schnell fuhr. Das erschrockene Gesicht auf dem Beifahrersitz gehörte einer jungen Frau mit schwarzen Haaren. Sie war totenblass und schlug die Hände vors Gesicht. Der Fahrer, mit seiner roten Mähne nicht zu übersehen, bremste ab, sah, dass den Fußgängern nichts passiert war. Er fuhr noch gemäßigter weiter. Friedrich Gontard atmete tief durch. Wie war er doch in Gedanken versunken gewesen. So vieles ging ihm seit gestern durch den Kopf. Ja, er musste aufpassen. Anna hatte Recht.

»Hast du den Fahrer erkannt und die Beifahrerin?«, fragte er, immer noch außer Atem und immer noch leicht geschockt.

»Ich glaube ja. Und die beiden Kinder im Auto, die hab ich auch erkannt«, antwortete Anna.

Sie überquerten vorsichtig die Straße und wurden schon von Sigmund Bloom begrüßt, der auf der Türschwelle von *Eve Cottage* stand.

Sie kamen gar nicht mehr dazu, zu erörtern, warum Emma nicht mit dabei war, wenn ihr Mann Trevor und das Au-pair-Mädchen aus Deutschland mit den Kindern Oliver und Claire eine Spritztour im Auto machten.

Kapitel 13 | Letzte Rosen

Das Häuschen mit der hellblauen Tür und den blauen Fensterrahmen hätte englischer nicht sein können. Eine Rosenhecke bedeckte einen großen Teil der rechten Seite neben dem Eingang und streute die allerersten welkenden Blätter auf den ansonsten gepflegten Kiesweg. Das Hellrot der Blüten bildete einen hübschen Kontrast zum Grau der Steine, das wie die meisten anderen Häuser dem Dorf Churchfield ein besonderes Gepräge verlieh. Unverputzt und ursprünglich wirkten die Fassaden, die nicht nur bei Sigmund Bloom mit rankenden Kletterpflanzen wie Geißblatt, Clematis und allerlei Rosensorten geschmückt waren und mit ihrer Farbenpracht das graue Einerlei des Mauerwerks aufhellten.

Sigmund Bloom war sichtlich erfreut, die Gäste in seinem Haus zu empfangen.

»Willkommen in Eve Cottage«, rief er schon von Weitem den Gontards zu. »Eve war meine Frau«, erklärte er. Und in seinen Worten schwang große Wehmut mit.

Sigmund Bloom war hier in seinen eigenen vier Wänden in seinem Element, wie es schien, und er bewegte sich viel sicherer und selbständiger als gestern in Laburnum House, wo er sehr gebrechlich gewirkt hatte: ein alter Mann, der auf seinen Rollstuhl angewiesen war.

»Kommen Sie nur herein in mein Häuschen«, forderte er die Gontards auf.

»*Platz ist in der kleinsten Hütte*«, sagte er und schmunzelte dabei. »Immer muss ich die deutschen Klassiker zitieren, das ist so eine Marotte von mir. Ein regelrechter Spleen. Und vor meinen deutschen Gästen gibt es keinen Halt mehr. Da gehen die Pferde mit mir durch. Ich bin halt immer noch der Pennäler von damals, bevor ich … aber lassen wir die Sache mit der Vergangenheit. Das soll nicht unser Thema sein.«

»Sie müssen sich nicht entschuldigen«, beeilte sich Gontard zu sagen. »Darf ich mit einem anderen Schillerzitat antworten?« und er begann: »*Gefährlich ist's, den Leu zu wecken, verderblich ist des Tigers Zahn. Jedoch der schrecklichste der Schrecken, das ist der Mensch in seinem Wahn*. Sie haben diesen Wahn ja zur Genüge zu spüren bekommen, Herr Bloom.«

Bevor Sigmund Bloom antworten konnte, erschien eine hellblonde, etwas pummelige hübsche junge Frau im Hintergrund, trat auf den Hausherrn zu und fragte, ob sie den Tee servieren solle.

»Aber gerne, wir kommen sofort ins Wohnzimmer, Betty«, sagte Sigmund Bloom, und er stellte die junge Frau seinen Gästen vor. »Betty Clarke ist mein guter Engel. Sie kommt täglich für ein paar Stunden und kocht für den alten Bloom und hält sein Häuschen sauber. Wie sagte Schiller noch mal: *Und drinnen waltet die züchtige Hausfrau*. Was würde ich nur ohne Betty machen, ich alter einsamer Wolf?«

Er blieb nicht lange nachdenklich, sondern fügte hinzu: »Und später, nach dem obligatorischen Tee, der hierzulande immer passt, darf ich Sie zum Lunch einladen. Es gibt heute *Shepherd 's Pie*, eine Spezialität von Betty.«

So erklärte sich der verführerische Duft, der aus dem hinteren Teil des Hauses in die Nase der Besucher stieg. Die Gontards konnten nicht verhehlen, dass sie voller Spannung darauf warteten, den wahren Grund der Einladung zu erfahren. Nicht wegen Tee und *Shepherd 's Pie* waren sie doch von Sigmund Bloom eingeladen worden. Anna und Friedrich Gontard erfassten beide die heimelige Atmosphäre des Raums, leicht überladen mit Möbeln aus rötlichem Mahagoniholz, einer *Grandfather's Clock* und vielen

Fotos an den Wänden und auf dem Gesims überm Kamin, der wie bei den meisten englischen Häusern seit Einführung der Zentralheizung zur Attrappe geworden war. Man schien das Interieur zu kennen, nicht zuletzt aus den angelsächsischen Krimis. Miss Marple, neugierig dreinschauend oder Hercule Poirot mit kleinen Trippelschritten, den schwarzen Schnurrbart zwirbelnd, schienen um die Ecke zu biegen.

Nach anfänglichem Smalltalk und gemütlichem Geplauder bei Tee und salzigem Gebäck kam Sigmund Bloom endlich zur Sache. Ohne Umschweife zog er plötzlich aus der Brusttasche seiner Tweedjacke einen Brief.

»Ich konnte der Versuchung nicht widerstehen, diesen Brief zu entwenden. Ja, ich sehe, Sie sind erstaunt und Sie werden mich verurteilen. Einen Brief zu unterschlagen, das ist nicht die feine englische Art. Doch vielleicht …«, er hielt inne und holte tief Luft. »Vielleicht heiligt wie so oft im Leben auch in diesem Fall der Zweck die Mittel. Ich muss Ihnen nun die Situation erklären. Als ich gestern meinen lieben Freund William tot vorfand, bemerkte ich diesen Briefumschlag, der auf dem Boden neben ihm lag. Für den Bruchteil einer Sekunde dachte ich zuerst, dass dies ein Abschiedsbrief sei. Mein Freund hatte sich selbst … ausgelöscht. Aber nein. Unmöglich. Ich kenne William seit so vielen Jahren. Niemals hätte er Suizid begangen. Oft hatte er Abscheu geäußert gegenüber dieser Art zu sterben. Selbstmörder waren für ihn Feiglinge, eine Meinung, die ich selbst übrigens nicht teile. Ich halte es mit unserem großen Dichter Shakespeare, für den eher diejenigen Feiglinge sind, die den Schritt nicht wagen, freiwillig ins Land zu gehen, *aus dem es keine Wiederkehr gibt*. Die lieber bekannte Widrigkeiten ertragen als unbekanntes Terrain zu betreten. Aber ich will nicht philosophieren. Ich bin nicht Hamlet. William und ich haben oft diskutiert, und über diesem Thema wären wir einmal fast in Streit geraten. Also Selbstmord bei meinem Freund: absurd. Ich nahm den Brief an mich aus einem seltsamen Gefühl heraus, dass er in falsche Hände geraten könnte. Als ich aus einer kurzen Ohnmacht aufwachte, befürchtete ich, dass der Brief tatsächlich in falsche Hände geraten war. In wessen Hände? Ich weiß es nicht. Doch der Brief steckte noch in meiner Jackentasche, zum Glück. Erst spät am Abend, nach all den Aufregungen und als ich wieder daheim war in meinen eigenen vier Wänden, las ich den Brief. Und er bestätigte einen Verdacht, den ich schon seit einiger Zeit hegte. William war in Gefahr, ein Damoklesschwert schwebte über ihm. Und er ahnte, dass er nicht mehr lange leben würde. Er verschlüsselte seine Botschaft, wie es mir scheint.«

Sigmund Bloom hielt inne, denn es entging ihm nicht, wie angespannt seine Gäste auf seine Ausführungen reagierten.

Friedrich Gontard ergriff das Wort: »Wir sind hier in Churchfield, weil Belinda es war, die uns im Namen ihres Vaters einlud. Er habe uns etwas mitzuteilen. Wir kamen zu spät, und ich dachte, wir würden nie erfahren, was Will Taylor beunruhigt hatte. Doch nun …«

Er schaute zu Anna hinüber. »Doch nun sind wir vielleicht nicht umsonst gekommen.«

»Ich weiß um die Einladung. William hat sich so sehr auf die Gäste aus Deutschland gefreut. Aber da hat er, offen gestanden, aus seinem Herzen eine Mördergrube gemacht und mir außer ein paar vagen Andeutungen das Wesentliche verschwiegen.«

Er klang etwas gekränkt, als er das sagte, und er redete weiter: „Ich lese Ihnen das nun mal vor. Das steht auf dem ersten Blatt. Es ist ein Gedicht und es heißt *Sommerbild*:

Ich sah des Sommers letzte Rose stehn,
Sie war, als ob sie bluten könne, rot.
Da sprach ich schaudernd im Vorübergeh'n:
So weit im Leben, ist zu nah am Tod.“

»Das Gedicht ist von Friedrich Hebbel«, sagte Sigmund Bloom zu den beiden Gästen, die bewegt und beunruhigt dem Rezitierenden gelauscht hatten. »Kennen Sie das Gedicht? Mir war es unbekannt.«

»Nein, ich kenne es auch nicht. Bis zu Hebbel hat man uns beide doch damals nicht kommen lassen«, kommentierte Friedrich Gontard. »Von der Schulbank weg, bevor wir das Abitur ablegen konnten. Für Sie ging es nach Gurs, für mich in den Krieg.«

»Ich höre es auch heute zum ersten Mal«, sagte Anna. »Es ist so traurig, so wahr. Aber es zeigt doch auch eine große Liebe zum Leben. Obwohl es vom nahen Tod handelt. Ein Selbstmörder würde solch ein Gedicht aber nie als Botschaft hinterlassen.«

»Ja, genau«, gab Sigmund Bloom ihr Recht. Dann sagte er: »Aber das Gedicht passt zur Stimmung meines Freundes in letzter Zeit. Er sprach oft vom Tod, war melancholischer als je zuvor. Er war im Grunde ein eher lebensbejahender Mensch. Und einmal hat er mir gestanden, dass er einige deutsche Gedichte entdeckt habe, die er nicht kannte, die ihn aber sehr berührten. Ich glaube, er hatte große Sehnsucht nach seiner Heimat. Im Alter wird man nostalgischer.« Und mit einem Lächeln fügte er selbstkritisch hinzu: »Man sieht es ja an mir und meiner Marotte, deutsche Dichter zu zitieren. Es sitzt tief, tiefer als man selbst ahnt. Das Heimweh. Selbst bei einem deutschen Juden.«

Er machte eine kleine Pause. »Doch hören Sie, was auf dem zweiten Blatt steht. Oder lesen Sie es selbst, Herr Gontard, denn es ist an Sie gerichtet.«

Und er überreichte Friedrich Gontard einen Zettel, der etwas zerknittert aussah, so als habe man ihn wegwerfen wollen und dann doch in den Umschlag getan. Friedrich Gontard musste sich beherrschen, sein Erstaunen zu verbergen. Anna, die ihren Mann nur zu gut kannte, registrierte Anzeichen von Ungeduld und Verärgerung in seiner Stimme, als er antwortete: »Sie verstehen sich aber auf die Kunst des Auf-die-Folter-Spannens.«

Hier musste der Gastgeber kontern: »Das war doch eher eine Spezialität der Deutschen, oder? Das Foltern.«

Er entschuldigte sich aber augenblicklich, denn er war sich bewusst, etwas übers Ziel hinausgeschossen zu sein mit dieser Bemerkung. »Sorry, aber es sitzt halt noch tief.«

Friedrich Gontard las laut, und er las mit bebender Stimme.

»Sehr geehrter Herr Gontard, wenn Sie diese Zeilen hier lesen, bin ich vielleicht nicht mehr am Leben. Ich glaube schon seit geraumer Zeit, dass ich lästig bin. Ich bin ein kritischer Beobachter familiärer Verhältnisse, die ich nicht gutheißen kann. Ich zögerte bisher, mich einzumischen. Ich bin ein alter Mann und werde nicht gehört. Die Alten zählen nicht mehr in unserer Gesellschaft. Ich zögerte auch, mich an Außenstehende zu wenden. Das wäre ein fataler Fehler und würde der Familienehre schaden. Zu Ihnen, obwohl Sie ein Außenstehender sind, habe ich Vertrauen. Schon damals bei Ihrem abrupt beendeten Aufenthalt in Churchfield vertraute ich Ihnen. Sie sind ein ehemaliger Kriminalbeamter, und in Ihre Hände lege ich, sollte es zum Äußersten kommen, das Auffinden der Wahrheit. Ich befinde mich in einer Zwickmühle. Der hiesigen offiziellen polizeilichen Obrigkeit misstraue ich. Betrachten Sie sich als eine Art Detektiv, der im Auftrag eines Privatmannes einen Auftrag erhält. Die …«

»Hier bricht der Brief ab«, sagte Gontard.

»Ja«, bestätigte Sigmund Bloom. »Der Tod hat meinem Freund den Stift aus der Hand genommen. Er konnte den Brief nicht beenden. Die beiden Blätter lagen neben dem Umschlag auf dem Boden.«

»Was ist nun zu tun?«, fragte Anna. »Wir haben doch für nichts einen Beweis. Wir haben nur eine vage Anschuldigung gehört. Gegen wen? Und wer sollte aus welchem Grund William Taylors Tod herbeigeführt haben? Der Arzt hat einen natürlichen Tod bescheinigt. Wir können doch von uns aus keine Obduktion erzwingen!«

Die beiden Männer teilten Annas Ratlosigkeit.

»Uns bleibt eigentlich nichts weiter übrig, als abzuwarten. Und uns umzusehen. Augen und Ohren offen zu halten.«

Er steckte die Blätter in den Umschlag zurück.

»Darf ich das behalten?«

»Natürlich. Es ist Ihr Brief, Herr Gontard.«

Betty Clarke trat ins Zimmer und fragte, ob sie nun mit dem Auftischen des Mittagessens beginnen könne. Ihr rundes Gesicht war vom Kochen gerötet. Ihre hellen Augen blickten freundlich zu den Gästen hin: »Sie wird Ihnen schmecken, meine *Shepherd 's Pie*, ein Rezept meiner Granny«, sagte sie und verschwand in der Küche.

Sehr schweigend verbrachten die Gontards mit ihrem Gastgeber den Lunch. Ein hervorragendes Essen, aber alles war überschattet von dem Todesfall und von vielen ungelösten Fragen.

»Wir sind in einer sehr misslichen Lage«, sagte Anna Gontard. »Und der Brief hat die Situation nicht entspannter gemacht. Wir wollten eigentlich abreisen, aber Belinda will es nicht zulassen.«

»Sie wird ihre Gründe haben«, sagte Sigmund Bloom.

Auf diese mysteriösen Worte konnten sich die Gontards keinen Reim machen. Und sie verabschiedeten sich bald nach dem Essen, zumal sie bemerkten, wie müde Sigmund Bloom plötzlich wirkte.

»Sie lassen mich wissen, wenn Sie … wenn Sie etwas Merkwürdiges beobachtet haben?«

Hiermit verabschiedete sich der Gastgeber von Anna und Friedrich, die ihm versicherten, dass sie sich als Verbündete betrachteten. Verbündete im Bestreben, die Wahrheit zu erfahren.

Kapitel 14 | Gwendolyn Blake

Die Gontards waren dabei, die Straße zu überqueren, die zu dem kleinen Pfad hin zu Laburnum House führte, als sie jemand rufen hörten. Wollte Sigmund Bloom ihnen noch etwas mitteilen?

Doch die Stimme gehörte einer älteren Frau und kam vom Nachbarsgarten her. Sie traten näher.

Ja, sie hatten es fast vergessen. Hier wohnte Gwendolyn Blake, die alte Dame, die schon vor über 20 Jahren eine alte Dame gewesen war: die Miss Marple von Churchfield. Neugierig, aber friedfertig, wie Belinda sie damals beschrieben hatte. Sigmund Bloom hatte vorhin erst erwähnt, dass diese Nachbarin trotz ihrer dorfbekannten Wissbegierigkeit eine angenehme Nachbarin war, und wieder hatte er ein Schillerzitat aus dem, wie es schien, unerschöpflichen Schatzkästlein seiner Zitatensammlung hervorgezaubert: »*Es kann der Frömmste nicht in Frieden leben, wenn es dem bösen Nachbarn nicht gefällt.* Das trifft auf Gwendolyn nicht zu, sie ist die liebste Nachbarin der Welt und lässt jeden in Frieden leben. Daran könnte sich so mancher im Dorf hier ein Beispiel nehmen.«

Aus der alten Miss Marple von Churchfield war eine uralte Dame geworden. Hinter der gestutzten Eibenhecke hervortretend, forderte sie die Gontards mit krummen Fingern auf, näherzutreten. Für einen kurzen Moment erschien es Anna, als sei dies hier die Knusperhexe aus dem Grimmschen Märchen, welche die Kinder Hänsel und Gretel in ihr Pfefferkuchenhaus locken wollte.

Mit gebücktem Rücken, auf dem man eine Katze vermutet hätte, stand sie jenseits des Zauns. Die Eibenhecke war in der Form eines

Vogels gestutzt. Ein Rabe? Es hätte ins Szenario gepasst. Und tatsächlich kam nun aus der halbgeöffneten Haustür, die rosa angestrichen war wie auch alle Fensterrahmen und der Gartenzaun, elegant und geschmeidig eine schwarze Katze geschlichen. Gwendolyn Blake musste nun über 90 sein, aber ihr Verstand und ihr Gedächtnis funktionierten anscheinend noch bestens.

Sie freue sich, nach 23 Jahren die deutschen Freunde von Belinda Charlton wiederzusehen, meinte die lebhafte alte Lady, wobei es in ihren Augen blitzte und funkelte.

Friedrich Gontard fiel auf, dass Gwendolyn Blake aussah wie die Miss Marple aus dem Film. Mit ihren großen, hellblauen Augen und ihren zarten Gesichtszügen glich Gwendolyn Blake der schlanken Schauspielerin Joan Hickson. Nicht zu verwechseln mit der resoluten und eher bärbeißigen Margaret Rutherford, dem Publikumsliebling aus jener anderen Miss Marple-Verfilmung, die in Deutschland viel bekannter geworden war. Naiv-unschuldig schaute Gwendolyn Blake jetzt die Gontards an.

»Ja«, sagte sie. »Unser stilles Dörfchen Churchfield ist und bleibt eine ideale Quelle zum Studium menschlicher Verhaltensweisen, der Irrungen und Wirrungen der Seele in all ihren Facetten. Unter dem Mäntelchen der Ehrbarkeit.« Dabei trat für einen Moment ein maliziöses Lächeln in ihr zerfurchtes Gesicht. Es war ein undefinierbarer Ausdruck von lauernder Weisheit, wie es Gontard erschien.

Ob die Gontards wohl Zeit und Lust hätten auf einen Tee? Sie habe eine sehr spezielle Mischung zusammengestellt, die man in keinem dieser modernen Supermärkte kaufen konnte.

»Morgen wäre besser als jetzt gleich, liebe Mrs. Blake. Belinda Charlton erwartet uns«, wimmelte Friedrich die Einladung ab.

»Bis morgen dann. Um 11 Uhr? Würde das passen?«, schlug die alte Dame vor. »Ich backe auch Scones. Ebenfalls eine spezielle Mischung.«

Sie kicherte dabei ein wenig, und wieder wurde Anna Gontard an die Hexe aus dem Märchen erinnert. Gwendolyn Blake humpelte den Gartenweg entlang, wobei sie sich ganz altmodisch auf einen Stock stützte. Sie schien diese modernen Gehhilfen für Ältere abzulehnen. Kein Rollator für Gwendolyn Blake. Dabei fasste sie sich in die Hüfte, die zu schmerzen schien.

»Lumbago«, rief sie dabei zu den Gontards hinüber. »*Old Age is not for cowards.*«

Es klang fröhlich.

Lumbago, Hexenschuss, das Hänsel und Gretel-Szenario ist perfekt, dachte Anna, und dem Schmunzeln ihres Mannes entnahm sie, dass ihn ähnliche Gedanken bewegten.

Ja, das Alter ist nichts für Feiglinge, das dachte sie auch, obwohl sie mit ihren »erst« 64 Jahren zwar kein Frühlingsküken mehr war, aber alles ist relativ. Hier und da zwickte und zwackte es auch bei Anna seit einiger Zeit. Gwendolyn Blake könnte meine Mutter sein, dachte Anna, und sie winkte der alten Lady zum Abschied zu. Diese erwiderte die Geste.

»*Goneril, come on*«, rief Gwendolyn Blake der schwarzen Katze zu, die flink und wendig hinter ihrer Herrin ins Haus schlüpfte.

Anna musste noch einmal schmunzeln. Der Katzenname rundete das Motiv der w*icked witch* ab. Goneril, die grausame Tochter von König Lear aus dem düstersten und blutrünstigsten aller Shakespeare-Dramen. Wahrscheinlich war diese Katze aber so friedfertig wie ihre Herrin. Oder doch nicht?

Als die Gontards am Friedhof zurück zu Laburnum House gingen, überfiel Friedrich Gontard plötzlich ein Gefühl von Versäumnis und Bedauern. Warum hatte er die Einladung der alten Dame abgelehnt?

Belinda Charlton war bestimmt beschäftigt mit Formalitäten und erwartete die Gäste keineswegs dringend. Für einen kleinen Plausch beim *special tea* der alten Dame wäre doch noch Zeit gewesen. Bestimmt hätte sie, neugierig wie sie nun einmal war, gerne Näheres über den Tod von William Taylor erfahren. Seltsam, mit keinem Wort hatte sie sich nach dem traurigen Ereignis im Hause

Charlton erkundigt. Nun ja, morgen war auch noch ein Tag. Morgen wäre auch noch Gelegenheit zum Plaudern. Und vielleicht würden er und Anna ihrer Gastgeberin Belinda jetzt ein wenig behilflich sein können bei den diversen Vorbereitungen zum Begräbnis ihres Vaters.

Kapitel 15 | Harmonie

Belinda begrüßte ihre Gäste fast überschwänglich. Offenbar wollte sie kompensieren, was sie bisher als Gastgeberin versäumt hatte.

Die Kinder spielten auf dem Rasen Croquet mit ihrem Au-pair-Mädchen. Amanda Beckmann hatte ihre schönen langen Haare zu einem Zopf geflochten und sah nun noch jünger aus als am Vortag, fast wie ein Schulmädchen. Virginia leistete der Gruppe Gesellschaft. Sie wirkte burschikoser und sportlicher denn je, als sie gekonnt den Croquetschläger schwang. Wieder wurde Anna an *Alice im Wunderland* erinnert, wenn sie die kleine Claire beobachtete. Im Buch werden Flamingos als Croquetschläger eingesetzt, ging es durch Annas Kopf, die von der Terrasse aus mit Interesse dem Spiel der Kinder und der beiden jungen Frauen zusah. Das fröhliche Lachen der Kinder und ihrer beiden Betreuerinnen ließ fast vergessen, dass Laburnum House eigentlich ein Trauerhaus war. Sir Percival, der irische Setter, rannte zwischen den Spielenden hin und her und machte den Eindruck von entspannter Atmosphäre komplett. Nur ab und zu legte sich der Hund still in eine Ecke, winselte, schaute in Richtung East Wing. Nach einer Weile vergeblichen Wartens auf seinen Herrn ergab er sich seufzend in sein Schicksal. Er reagierte schwanzwedelnd auf Virginias liebevolle Zurufe, und für einen Moment schien die treue Hundeseele alle Trauer vergessen zu haben.

Welchen Spruch würde Sigmund Bloom hier wieder zitieren, dachte Friedrich, und prompt fiel ihm das Passende ein: *Der*

Mensch ist nur da ganz Mensch, wo er spielt. Schiller hatte für fast jede Situation einen passenden Satz, wie ihm schien.

Emma, wo ist Emma, fragte sich Anna. Sie hatte Emma den ganzen Tag noch nicht gesehen. Beim Frühstück war sie nicht erschienen.

»Hallo«, rief eine junge Frauenstimme vom Goldregenstrauch her in Richtung Belinda, Anna und Friedrich Gontard. Es war Emma, die Arm in Arm mit ihrem Mann mit beschwingten Schritten auf sie zukam. Auch Trevor schien gut gelaunt und aufgeschlossen. Vielleicht wollte er den Gontards seine Dankbarkeit erweisen, weil sie nichts von ihrem zufälligen Treffen in Sissinghurst Castle erzählt hatten. Er gesellte sich zu ihnen und seiner Schwiegermutter, und ein wenig komplizenhaft fragte er, ob der zweite Tag in Churchfield für die Gäste angenehm gewesen sei. Eine rhetorische Frage ohne Bedeutung, wenn man die Umstände betrachtete. Emmas Mann wirkte ausgesprochen freundlich, gelassen und fast heiter. Er winkte seinen Kindern zu, die im Spiel innehielten und zurückwinkten. Emma war nach einigen Sätzen höflichen Smalltalks über Wetter und Essen zur Gruppe auf dem Rasen hinübergeschlendert, betont lässig in ihrem dunkelgrauen eleganten Sommerrock mit den schwarzen Lackschuhen und dem schwarzen gerüschten Seidentop.

Um ein Jahrzehnt jünger als ihre Schwester Emma, war Virginia fast gleichaltrig mit dem Au-pair-Mädchen. Man hätte diese beiden eher für Schwestern halten können, wenn auch das deutsche Au-pair-Mädchen alles andere als knabenhaft wirkte. Wieder bemerkte Anna Gontard, wie auffallend schön Amanda Beckmann war. Ihre Bewegungen waren von einer katzenhaften Geschmeidigkeit, dabei dennoch kraftvoll. Oliver und Claire beteten ihr Kindermädchen an, denn ständig hörte man »Amanda hier, Amanda da« aus Kindermund. Geduldig und sehr gelassen reagierte sie auf die ein wenig nervenden Zurufe ihrer Schützlinge. Diese forderten ihre Mutter zum Mitspielen auf, aber Emma schien von dieser Idee nicht sehr begeistert zu sein. Nach wenigen Minuten legte sie ihren Schläger zur Seite und rief zu Claire und Oliver hin: »Mummy hat Kopfweh. Morgen, morgen spiele ich mit beim Croquet.«

Enttäuschte Kindergesichter. Tröstende Worte von Amanda Beckmann, unterstützt von Virginia, der liebevollen Tante der beiden Kinder. Mit Leidensmiene ging Emma zur Terrasse, wobei sie sich theatralisch an die Stirn fasste. Ihr Mann Trevor warf ihr aus seinen wasserblauen Augen einen kurzen Blick zu, der alles bedeuten konnte: Verständnis? Mitleid? Oder doch eher Missbilligung und Vorwurf?

Belinda Charlton plauderte weiter. Sie war ja so froh, fast alle diese lästigen Formalitäten erledigt zu haben, die bei Todesfällen unweigerlich auf Familien zukamen. Alle Trauerkarten waren bestellt, die Details der Trauerzeremonie würde sie morgen mit Vicar Bryson besprechen, dem Ortspfarrer. Doch wo war der Hausherr?

»Roderick hat heute eine längere Besprechung. Er rief vorhin an«, erklärte Belinda, als habe sie die Gedanken der Gontards erraten. Friedrich kamen Zweifel an dieser Aussage. Ein leichter Schatten legte sich auf die bisherige harmonische Gesprächsrunde. Der Name Roderick genügte, um allen die gute Laune zu verderben. Wie bei der Ruhe vor einem Sturm empfanden die Gontards, dass sich eine gewisse lähmende Stimmung breitmachte. Auch die Kinderstimmen vom Rasen her klangen auf einmal weniger fröhlich. Vielleicht war es nur die Müdigkeit nach den sportlichen Anstrengungen. Belinda Charlton trug dem Au-pair-Mädchen auf, den Kindern ihren Tee zu geben, ein verfrühtes Abendbrot.

Das Dinner der Erwachsenen spielte sich seltsam schweigend ab, so als sei die hereinbrechende allmähliche Dunkelheit ein Zeichen für die Trauer um den Grandpa. Eine Trauer, die während des Tages durch alle möglichen Aktivitäten verdrängt worden war.

Emma verabschiedete sich gleich nach dem Abendessen. Ihre Kopfschmerzen hatten sich zur Migräne gesteigert. Da half nur frühes Zubettgehen.

Virginia nahm Sir Percival am Halsband und entschuldigte sich ebenfalls, da sie vor der einbrechenden Dunkelheit noch nach den Pferden sehen musste. Der irische Setter war während des ganzen Dinners zu Friedrich Gontards Füßen gelegen. Ab und zu streichelte Gontard den Kopf des Hundes, kraulte die Stelle zwischen den Ohren, wie er es bei Belami immer getan hatte. Wehmut überkam den Hundefreund Gontard. Ob er sich nun doch allmählich nach einem Nachfolger für Belami umsehen sollte?

»Ich habe noch einiges zu erledigen in meinem Büro. Vicar Bryson soll morgen meinen Plan für das Trauerzeremoniell in der Kirche vorgelegt bekommen. Alles muss genau durchdacht sein. Ihr entschuldigt mich bitte«, sagte Belinda Charlton.

Belinda, die Perfektionistin, dachte Anna Gontard. Wie sie sich gewandelt hatte. Früher war sie doch spontan gewesen, unkonventionell und fast ein wenig bohemienhaft.

Ein Vorschlag ihres Mannes riss Anna aus ihren Gedanken. Bevor Belinda sich in ihr Arbeitszimmer zurückzog, sagte er zu ihr: »Ich denke, Anna und ich machen einen kleinen Abendspaziergang.«

»Oh ja, Churchfield *by night* ist aufregend und voller abenteuerlicher Überraschungen«, erwiderte Belinda Charlton.

Belindas in mokantem Ton dahingesprochener Satz sollte sich erfüllen.

»Viel Vergnügen und bis morgen beim Frühstück«, sagte sie und ging davon.

Kapitel 16 | Der Abendspaziergang

Anna und Friedrich Gontard waren beide erleichtert, dass kein Abend *en famille* bevorstand, denn die gespannte Atmosphäre in diesem Haus machte den Besuch zu einem eher anstrengenden Unterfangen, das sie gerne beendet hätten. Nur aus Höflichkeit und einer Art Verpflichtung der Gastgeberin gegenüber zwangen sie sich zum Bleiben.

Den Garten der Charltons hatten Anna und Friedrich Gontard bisher eigentlich nur als äußerst gepflegte Kulisse wahrgenommen. Von ihrem ersten Besuch vor 23 Jahren her wussten sie, dass es vor allem Roderick war, der den Garten zur parkähnlichen Anlage hatte umgestalten lassen. Schon damals hatte Belinda gespottet, ihr Mann wolle seine Herkunft aus der *working class* kompensieren, indem er die *upper class* inklusive der Aristokraten kopierte. Tatsächlich hatte sich Roderick aus dem Londoner Arbeitermilieu hochgearbeitet, wie Belinda einmal angedeutet hatte, wobei Anna nie richtig erfahren konnte, welchem Beruf Rodericks Vater eigentlich nachgegangen war. Bei Belindas und Rodericks Hochzeit im Jahr 1964, die Anna exotisch und ungewöhnlich erschienen war, sah man aufgeputzte Damen mit abenteuerlichen Hutkreationen wie beim Pferderennen von Ascot und Herren in Frack und Zylinder. Erst später fragte sich Anna, ob dieses noble Outfit im einen oder anderen Fall nicht ausgeliehen war. Rodericks Vater war damals schon tot, und es wurde Stillschweigen bewahrt, was die genauen sozialen Hintergründe des Bräutigams betraf. Ein Tabuthema.

»Ob es immer noch das Labyrinth gibt?«, fragte Friedrich Gontard. »Den Irrgarten im hinteren Teil des Gartens?«

»Belinda nannte es einmal das ›Labyrinth für Arme‹, wenn ich mich recht erinnere«, erwiderte Anna und lachte. »Weil es ein recht kleiner Irrgarten war. Und weil Roderick es ursprünglich dem großen Vorbild, dem Irrgarten von Hampton Court, nachgestalten wollte, aber da hatte er sich offenbar ein wenig übernommen.«

»Ja«, frotzelte Friedrich Gontard. »Sogar ein gut bezahlter Anwalt ist nicht Heinrich VIII«, und er fügte hinzu: »Wenn er sich auch ab und zu so benimmt. Aber wollen wir den Vergleich mit Heinrich VIII nicht allzu weit treiben.«

»Ja, Belinda hat immerhin den Kopf noch auf den Schultern«, meinte Anna. »Mir ist so richtig gruselig zumute. Ich brauche männlichen Schutz an diesem düstern Ort. Das idyllische Churchfield hat was Besonderes. Was Unberechenbares.«

Es war dunkel geworden. Bald würden die Tage wieder kürzer werden, fast unmerklich. Die Eibenhecken, kunstvoll gestutzt von einem Gärtner, den die Gontards noch nicht zu Gesicht bekommen hatten und den Belinda den »guten alten Beaverton« nannte, warfen drohende Schatten gegen den tiefblauen, sternenlosen Nachthimmel. Von Laburnum House her leuchteten Fenster auf. Lichter gingen an und aus. Der East Wing, das verwaiste Domizil von William Taylor, lag in völligem Dunkel, und auch der Teil, in dem sich die Kinderzimmer befanden, war unbeleuchtet. Auch im Zimmer des Kindermädchens daneben brannte kein Licht, noch nicht einmal ein Fernseher flackerte auf. Im unteren Stockwerk, dem Wohnzimmer, der Küche und in der Bibliothek, schien sich noch Leben abzuspielen. Man hörte ab und zu entferntes Türenschlagen, Stimmen, Hantieren mit Geräten, Geräusche, die vom Wirken Maude Thomas' zeugten. Diese Frau, dachte Anna Gontard, ist die Treueste der Treuen, wenn sie es schon so lange Zeit in diesem Haus aushält. Sie suchte nach dem passenden Wort, das das Haus der Charltons beschreiben konnte. Friedlos, das war das

Wort, das sich ihr aufdrängte. Sie sprach den Gedanken nicht aus. Vielleicht würde es ihr und Friedrich aber dennoch gelingen, diesen Abend, der lau und angenehm war, ein wenig zu genießen. Eine Luft wie Samt, wie man sie eigentlich nur von südlichen Gefilden her kennt. Die alten Zedern mit ihren ausladenden Zweigen gaben den Blick auf den Nachthimmel kaum frei, und eine hohe Steinmauer erhob sich wie eine Festung vor den beiden Spaziergängern. Der untere Teil des terrassenartig gestalteten Gartens vor dem Gemäuer war dicht mit Hortensienbüschen bepflanzt. Große Blütenbälle, die tagsüber in Violett, kränklichem Hellblau und verschiedenen Rosatönen prangten, nun aber wie schwarze Kanonenkugeln aussahen, bedrohlich und alles andere als malerisch. Eine Gartenpforte mit Rundbogen und gekrönt von der Statue eines liegenden Löwen führte zum hinteren Teil der Anlage. Roderick hatte, wie Anna wusste, antike Bauelemente für die Gestaltung des Gartens verwenden lassen. Belinda hatte dies einmal erwähnt und etwas abschätzig bemerkt: »Alles alt, aber doch pseudo. Typisch Roderick«, womit sie wohl indirekt auf die Wesensart ihres Mannes anspielte, mehr scheinen zu wollen als zu sein. Beinahe hätte Anna sich an einer Statue nahe dem schmalen Fußweg gestoßen, der sich neben dem Rasen durch die Rundpforte hindurch zu dem hinteren Teil des Gartens schlängelte. Es war in der Dunkelheit nur schemenhaft zu erkennen, dass das Steingebilde eine Frauengestalt darstellte. Venus? Diana? Oder eine vom liebestollen Göttervater Zeus verfolgte Unschuld aus der Antike?

Friedrich nahm seine Frau fester am Arm, so als müsse er sie vor einer in der Dunkelheit lauernden Gefahr beschützen.

»Gut, dass es dich gibt«, lachte Anna.

»Ja, was wärst du ohne mich?«, gab Gontard ihr Recht.

»Dort drüben, das Labyrinth für Arme«, flüsterte Anna, »es ist immer noch da.«

Friedrich Gontard sagte: »Weißt du, dass diese Irrgärten in der Renaissancezeit bei den Adligen Mode wurden? Sie sollten Symbole sein für die Irrungen und Wirrungen im Leben der Menschen. In den Beziehungen der Geschlechter auch. Daher die Windungen, in denen man sich verstricken kann, wenn man …«

Er hielt mitten im Satz inne, bevor er seine kulturgeschichtlichen Ausführungen beenden konnte, denn Stimmen drangen vom Labyrinth her zu den beiden nächtlichen Spaziergängern. Es waren die Stimmen eines Mannes und einer Frau.

Anna und Friedrich Gontard kam sofort das Bild vom Vormittag in den Sinn: das Auto mit Trevor und mit Amanda auf dem Beifahrersitz, dahinter die beiden Kinder.

Belauschten sie etwa ein Schäferstündchen zwischen dem Au-pair-Mädchen und dem Schwiegersohn der Charltons? Wie peinlich, dachten beide gleichzeitig. Die Stimme gehörte einer jungen Frau, die andere Stimme war aber die eines älteren Mannes. Das war nicht Trevor.

Das sind Roderick und Amanda, wurde den beiden unfreiwillig Lauschenden mit einem Schlag klar. Das klassische Beispiel des Hausherrn, der ein Verhältnis mit dem Au-pair-Mädchen hat. Oder der dem Mädchen nachstellt? Denn die Stimme der jungen Frau klang keineswegs nach Einvernehmlichkeit.

»Wir müssen ihr beistehen«, flüsterte Friedrich Gontard hastig. »Er belästigt Amanda.«

Er wollte sich schon dem Irrgarten nähern, den Eingang suchen, als ein gefluchter Ausruf des Mannes und das Scharren von Füßen, die sich auf dem Kies entfernten, ihm sagte, dass sein Eingreifen nicht nötig war. Das Mädchen hatte sich offensichtlich selbst befreien können. Eine Gestalt kam im Halbdunkel aus dem Labyrinth gerannt. Es war eine Frauengestalt. Amanda, dachte Anna, die in unmittelbarer Nähe wie angewurzelt stand. Es ist Amanda. Doch sie wunderte sich darüber, dass sie keine Silhouette von langem fliegendem Haar erkennen konnte. Friedrich Gontard versuchte, die Gestalt abzufangen. Weshalb eigentlich, ging es ihm durch den Kopf. Das Kindermädchen war ja nun außer Gefahr.

Roderick hatte offenbar von seinem Opfer abgelassen und gewiss die Verfolgung aufgegeben. Vielleicht hatte er auch bemerkt, dass sich jemand dem Irrgarten näherte und ihn stören, ja entlarven würde. Ein schlanker, sehr dünner Arm streifte Gontard, und eine zierliche Frauengestalt huschte an der antiken Statue vorbei. Ein Mondstrahl beschien für einen kurzen Moment das Haar der Flüchtenden, bevor diese durch die Rundbogenpforte in Richtung Haus verschwand. Das vom Mondlicht beschienene Haar war hellblond und kurz.

»Virginia«, flüsterte Anna ungläubig, und ihr Mann drückte ihr die Hand zur Bestätigung. Beide sprachen kein Wort, setzten sich auf die hölzerne Gartenbank hinter dem Rundportal.

Warteten sie darauf, den Hausherrn aus dem Labyrinth kommen zu hören?

Es gab eine andere Öffnung zum Irrgarten, wie sie wussten, am hinteren Parkende gelegen. Ein Schleichweg, der zu Laburnum House führte, soweit sie sich erinnerten. Sie waren den Weg vor über 20 Jahren einmal gegangen.

»Nein, ich will es einfach nicht glauben«, sagte Anna. »Die eigene Tochter.«

»Das hat William Taylor in seinem Brief bestimmt gemeint: familiäre Verhältnisse, die er nicht gutheißen konnte«, sagte Friedrich Gontard leise vor sich hin. In diesem Moment hörten sie wieder Schritte auf dem Kies. Diesmal hatte die Frauengestalt, die aus dem Irrgarten heraustrat, sehr langes Haar und war hoch gewachsen.

»Bitte sagen Sie nichts Mrs. Charlton«, stieß sie hastig hervor, denn sie hatte die beiden Gontards auf der Gartenbank erkannt. »Bitte sagen Sie niemandem etwas davon. Ich möchte nicht entlassen werden.«

Sie entfernte sich eiligen Schritts, drehte sich noch einmal um und sagte beschwörend: »Bitte. Wir sind doch Landsleute. Und es ist anders, als Sie denken.«

Anna und Friedrich Gontard blieben noch eine Weile auf ihrer Bank sitzen. Jeder hing seinen Gedanken nach. Es gab nichts zu sagen angesichts dieses Knäuels menschlicher Beziehungen, die immer mehr Rätsel aufgaben. Und die vielleicht den Tod eines Menschen ausgelöst haben, dachte Gontard. Schweigend und Hand in Hand gingen die beiden zu Laburnum House zurück, das mittlerweile in völliger Dunkelheit lag bis auf einen schwachen Lichtschimmer ganz oben im Dachgeschoss, wo das Zimmer von Maude Thomas zu vermuten war. Sie durfte nun endlich ihren wohlverdienten Feierabend genießen.

Kapitel 17 | 1964

Erst als sie in ihrem Gästezimmer angekommen waren, entlud sich die ganze Spannung, welche die Szene im Garten und das Verwirrspiel ausgelöst hatte. Anna brach als erste das Schweigen.

»Ich glaube, ich bin dir einen Bericht schuldig«, sagte sie zu ihrem Mann, der beunruhigt zu ihr hinsah, denn es war ihm während ihrer stillen Rückkehr zum Haus nicht entgangen, dass Anna leicht zitterte, als habe sie Angst.

»Du glaubst an Verdrängung, oder?«, eröffnete Anna ihren Bericht. »An die Macht des Unterbewusstseins, das uns unangenehme und schreckliche Erfahrungen ganz einfach aus dem Gedächtnis herauslöschen lässt. Um uns zu schonen, uns zu helfen, unbeschwerter weiterleben zu können. Ein Mechanismus des Selbsterhaltungstriebs.«

Annas rhetorische Frage wurde von Friedrich Gontard mit einem Kopfnicken beantwortet, was Anna als Ermutigung auffasste, mit ihrem Bericht zu beginnen. Sie wusste außerdem, dass es auch im Leben ihres Mannes mehr als einmal diesen Verdrängungsmechanismus gegeben hatte. Unliebsames und Belastendes aus seiner Jugend im Dritten Reich hatte er »vergessen«, das Jahre später, durch einen kleinen Impuls ausgelöst, ans Licht drängte.

Und wie ein Damm, der mit aller Gewalt bricht, so brach es aus Annas Erinnerung heraus. Und sie erzählte: »Es war im Jahr 1964. Du weißt, in diesem Jahr war ich zum ersten Mal in England. Belinda hatte mich zu ihrer Hochzeit eingeladen und ich sollte eine der drei Brautjungfern sein. Nun ja, damals stimmte das Wort

Jungfer noch im wahrsten Sinn des Wortes, denn wir zwei haben uns ja erst 1966 kennengelernt«, sagte sie süffisant. Und Gontard konnte sich den Einwand nicht verkneifen: „Ja, unsere Begegnung in Heidelberg. Die Villa deiner liebenswert-schrulligen Tante Klara in der Ziegelhäuser Landstraße. Die Villa mit den bunten Ziegeln und dem Hundemosaik im Eingang: *cave canem*. Die wilden Heidelberger Jahre: du als Studentin, ich schon als etablierter Kriminologe.« Er lächelte, in Erinnerung versunken. »Wie hübsch du warst … entschuldige … du bist es immer noch.«

»Ach, so ein Unsinn«, gab Anna zurück. »Du unverbesserlicher Charmeur.«

Sie fuhr fort: »Aber ja, ich war recht hübsch, das haben andere außer dir und vor dir auch bemerkt. Aber ich war ziemlich zugeknöpft, wie man das damals so nannte. Vielleicht hängt es damit zusammen, dass ich in einem Pfarrhaus großgeworden bin. Da war immer so eine Stimme im Kopf, die von Reinheit und Sünde sprach, außerdem waren das damals die prüden Fünfziger- und anfänglichen Sechzigerjahre. Die Jahre vor Oswalt Kolle und seiner sexuellen Aufklärungskampagne.«

»Das hat sich aber dann schlagartig geändert, das mit der Prüderie, als wir uns kennengelernt haben, oder?«, warf Friedrich Gontard ein, und dabei musste er unwillkürlich breit grinsen. »Aber nun will ich dich nicht mehr unterbrechen.«

Anna quittierte die Bemerkung mit einem flüchtigen Lächeln und berichtete weiter: „Ja, diesen Sommer 1964 habe ich in einigen Punkten verdrängt, aber die Szene vorhin im Park vorhin hat alles wieder hervorgelockt. Ich war wie gesagt eine der drei Brautjungfern. Von den anderen beiden Mädchen habe ich nur noch die Namen in Erinnerung, es waren die jüngeren Kusinen von Belinda. Die Zwillingsmädchen Kathleen und Clarissa, elf Jahre alt.

Ich kam mir vor wie ihre ältere Schwester oder die Tante. Wir trugen alle drei apfelgrüne lange Taftkleider im Empirestil, mit hoher Taille, längeren Ärmeln, dazu passende Ballerinas aus Satin in der Farbe der Kleider und als Kopfschmuck riesige weiße Stoffblumen, die an einem Kamm befestigt waren und ins Haar gesteckt wurden. Dazu Blumenbouquets, bestehend aus weißen Rosen und Orchideen, etwas kleiner als das Blumengebinde der Braut. Wir waren alle drei dunkelhaarig und ergaben ein hübsches Ensemble mit unseren grünen Gewändern und dem jungfräulichen Blumenschmuck."

Dabei verzog Anna wieder etwas spöttisch den Mund.

»Belinda war wunderschön mit ihrem weißen Taftkleid, das in einer langen Schleppe endete, edel und klassisch im Schnitt. Eine Haarkrone aus weißen Lilien mit duftigem kurzem Schleier schmückte ihr rotblondes gelocktes Haar. Wie das Modell eines präraffaelitischen Malers: Rossetti oder Burne-Jones oder Millais.«

»Oder wie Waterhouse? Die Frau, die an der duftenden Rose riecht? Die Seele der Rose. Ja, ich kann mir die Belinda von 1964 gut vorstellen«, fiel Gontard kurz ein. »Aber wie ging es weiter mit der Anna von 1964?«

»Die Anna von 1964 staunte nicht schlecht, als vor dem Tausch der Ringe ganz am Schluss der Trauzeremonie der anglikanische Pfarrer die versammelte Hochzeitsgesellschaft fragte, ob jemand einen Einwand vorbringen könne, dass diese beiden, Belinda und Roderick, sich für immer binden würden. Ich kannte diese Sitte aus den englischen Romanen des 18. und 19. Jahrhunderts und hätte nie gedacht, dass auch im 20. Jahrhundert noch immer diese Frage zum Inventar einer kirchlichen Trauzeremonie gehörte. Ich wusste nicht warum, aber der Pfarrer erschien mir wie eine Kreuzung zwischen dem schrecklichen Vicar Mr. Elton aus Jane Austens *Emma* und dem noch schrecklicheren Reverend Collins aus *Stolz und Vorurteil*. Aber vielleicht tat ich dem Pfarrer Unrecht, der Belinda und Roderick traute und Mr. Bland hieß. Doch ich schweife ab. Niemand trat hervor, als der Pfarrer darum bat, einzuschreiten, falls irgendwer Einwände haben sollte gegen diesen Bund fürs Leben.

Kein reitender Bote mit einer kompromittierenden Nachricht, das Vorleben der Braut oder des Bräutigams betreffend, sprengte heran und brachte den Pfarrer zum Schweigen, bevor die Ringe getauscht werden konnten.«

»Es wäre vielleicht besser gewesen, es hätte damals jemand lauthals protestiert, oder?«, entfuhr es Friedrich Gontard, und Anna widersprach nicht.

»Ich war erstaunt«, fuhr sie fort, »dass die ältere Generation nach dem Festessen die Lieder der Beatles trällerte. All die Damen gesetzteren Alters, die Tanten, Großtanten, Schwiegermütter, Patinnen mit ihren Hütchen wie Pralinés, umhüllt von Organza und Tüll in Rosa, Hellblau, Grellgelb und Türkis, dieser Upper Middleclass-Abklatsch der englischen High Society, gestylt wie beim Pferderennen von Ascot, all die Herren in ihren Smokings, sie sangen lauthals die Lieder der vier Jungs aus Liverpool. Unglaublich. Mir traten die Augen aus dem Kopf, ich glaubte, meinen Ohren nicht trauen zu können.« Anna musste lachen, von der Erinnerung übermannt. » Bei uns in Deutschland waren die Beatles, sofern man überhaupt schon von ihnen gehört hatte, bei den Älteren verpönt. Über die Pilzköpfe machten sie sich bestenfalls lustig. Eine Freundin von mir bekam von ihrem Vater eine schallende Ohrfeige, als sie *Love me do* anhörte.«

»Und was geschah dann? Damals?« Friedrich Gontard wurde allmählich ungeduldig, so sehr er die Nostalgie-Beseeltheit seiner Frau nachvollziehen konnte. Waren Annas Abschweifungen ein Zeichen dafür, dass sie sich fürchtete, Weiteres preiszugeben? Wollte sie sich vor der Pointe drücken?

Anna fühlte die Ungeduld ihres Mannes, und sie erzählte weiter: »Nach dem Abendessen zog ich mich für eine Weile nach oben in mein Gästezimmerchen zurück, denn die neuen Schuhe drückten mich schrecklich. Ich war gerade dabei, die Schuhe abzustreifen, als die Tür leise geöffnet wurde und zu meinem Erstaunen der Bräutigam ins Zimmer trat. Ins Zimmer schwankte, sollte ich besser sagen, denn Roderick war schon am Nachmittag beim Kaffeetrinken angesäuselt gewesen. Er war überdreht und zitierte ständig zweideutige Limericks. ›Oh, du ziehst dich aus‹, lallte er. ›*The bridesmaids for the bridegroom.* Das ist eine alte englische Sitte. Die Brautjungfern für den Bräutigam. Drei sind mir zu viel für heute, außerdem sind mir Clarissa und Kathleen nun doch etwas zu jung, aber du bist gerade richtig. Dich würde ich schaffen.‹ Er kam mit tapsigen Schritten auf mich zu. Mich ergriff Panik. Ich wollte zur Tür rennen, aber er fing mich ab.«

»Warum hast du mir nie davon erzählt?«, fragte Friedrich Gontard. Seine Stimme klang seltsam pikiert.

»Es ist ja nichts passiert damals, obwohl ich schreckliche Angst hatte. Roderick schwankte auf mich zu und ergriff mich, drückte mich aufs Bett und presste seinen Mund auf meine Lippen. Es war ekelhaft. Dieser Alkoholgeruch. Ich wehrte mich, stieß ihn von mir weg mit aller Kraft, und es war wirklich ein Glück, dass er nicht mehr nüchtern war. Weich in den Knien, fiel er rückwärts an eine Kommode, blieb liegen wie ein Käfer, der auf dem Rücken landet und sich nicht mehr drehen kann. Ich hätte beinahe gelacht, so unbeholfen lag er da, der betrunkene Kerl. Mir fiel eine Sache ein, die mit der englischen Literatur zu tun hat. Shakespeare lässt in *Macbeth* den betrunkenen Pförtner sagen, dass Alkoholtrinken die Lust zwar fördert, aber sie gleichzeitig dämpft. Wie wahr, und das war wirklich mein Glück. Roderick raffte sich noch einmal hoch, versuchte, sich auf mich zu werfen, die ich wie versteinert auf der Bettkante saß. Da ging die Tür auf, und es kam die Rettung in Gestalt von Belindas Vater. Der rannte auf den frisch gebackenen Schwiegersohn zu, packte ihn, als wolle er alles Leben aus ihm herausschütteln, und er stieß hervor, wutentbrannt: ›Der Schwur von heute Morgen in der Kirche hält ja lange an. Treue bis in den Tod.‹ Ohne meine Anwesenheit hätte er Roderick bestimmt zusammengeschlagen, doch er beherrschte sich. Der durch den Schreck leicht ernüchtert wirkende Roderick stammelte ein fahriges: ›*Sorry. Sorry.*‹ William Taylor aber rief: ›Du schwörst mir hier und jetzt und hoch und heilig, dass du meiner Tochter von nun an treu bleibst. Ich werde Belinda nichts verraten und du, Anna, du wirst bitte auch schweigen.‹ Ich nickte stumm. William Taylor nahm meine beiden Hände, sprach beruhigend auf mich ein. Dem Schwiegersohn befahl er in allerstrengstem Ton, nach unten zu gehen und sich um Belinda zu kümmern, die schon voller Unruhe nach ihrem Ehemann Ausschau hielt. Vorher ließ William Taylor aber seinen Schwiegersohn nochmals schwören, sich anständig zu benehmen, sonst würde er dafür sorgen, dass dieser Bund fürs Leben gelöst würde. Erst später, viel später, war mir klar, dass Roderick zumindest in den ersten Jahren, bevor er als Anwalt eine gewisse Karriere machte, finanziell abhängig war von seinem Schwiegervater.«

»Und wie hast du dich nach diesem schlimmen Vorfall verhalten?«, wollte Friedrich Gontard wissen.

»Erstaunlich tapfer«, meinte Anna. »Das habe ich damals in England schon ein wenig gelernt: *Keep a stiff upper lip*. Lass dir nicht jede Gemütsregung anmerken. Bleib gelassen. Vor allem Belinda gegenüber wollte ich mich zusammennehmen. Ich wollte sie nicht verletzen, nicht beunruhigen. Und Roderick ist mir gegenüber nie wieder aufdringlich oder ausfällig geworden. Und so habe ich, als am nächsten Tag die Neuvermählten ihren *honeymoon trip* nach Torremolinos in Spanien, dem damaligen Mode-Reiseziel aller Engländer, antraten, ebenfalls meine Koffer gepackt und bin nach Deutschland zurückgekehrt, um einige Erfahrungen reicher geworden. Die eine schreckliche Erfahrung habe ich verdrängt bis heute, aber meiner Liebe zu England hat sie seltsamerweise keinen Abbruch getan. Eben weil ich sie verdrängt habe. Übrigens habe ich am nächsten Tag Belinda meine Halskette als Talisman geschenkt. Es war der Schmuck, den ich ihr geliehen hatte für die Trauung. Denn es gibt in England einen Spruch, demgemäß alle Bräute etwas an sich tragen müssen, das alt, neu, geborgt und blau ist. *Something old, something new. Something borrowed, something blue.* Das Geborgte war meine Halskette mit dem blauen Saphir, und somit hat mein Schmuck gleich zwei Bedingungen erfüllen können: er war geborgt und blau. Und ob er Belinda Glück gebracht hat?« Anna Gontard schaute ihren Mann stirnrunzelnd an. »Die Ehe von Belinda und Roderick hat immerhin schon 41 Jahre gehalten. Aber was war der Preis?«

»William Taylors Bemerkung in seinem Brief an mich«, sagte Friedrich Gontard. »Muss man erraten, auf welche Verhältnisse er angespielt hat, die er nicht dulden könne?«

»Vermutungen«, erwiderte Anna.

»Wir wissen nichts. Es gibt keinen Ankläger, also auch nichts Konkretes, dem man nachgehen müsste. Ist es nicht so?«

Friedrichs Schweigen auf die Frage seiner Frau war Antwort genug. Sie versuchten, nach diesem turbulenten Tag zur Ruhe zu kommen, was nur mit Mühe und nach langem Wachliegen gelang.

Im Halbschlaf fragte Friedrich Gontard: »Gibt es eigentlich diese Sitte in England, auf die Roderick sich berufen hat, die mit den *Bridesmaids* und dem *Bridegroom*? So eine Art *jus primae noctis* der Feudalherren. Das Recht auf die erste Nacht?«

»Nein. Natürlich hat er das alles erfunden, der Lustmolch«, sagte Anna, bevor sie endlich in den Schlaf fand.

Durch ihre Träume zogen Bilder, wie von William Hogarth gemalt, dem genialen satirischen Maler des 18. Jahrhunderts. Die Gemälde *Marriage à la Mode* oder *The Marriage Contract* mit grotesken Szenen, in denen ein Wüstling und ein oberflächliches Mädchen von geldgierigen Eltern verkuppelt werden. Wo die Eheleute nach der Heirat nach anderen Objekten ihrer Begierde schielen. Sittengemälde der verderbten Adelsgesellschaft mit ihren Ausschweifungen und ihrer Verlogenheit.

Und Anna träumte von einem Irrgarten, in dem ein junges Mädchen in einem apfelgrünen Kleid durch die gewundenen Gänge der Eibenheckenanlage eilt, verfolgt von einem keuchenden und fluchenden Mann, der schwankend versucht, ihr mit ausgebreiteten Armen den Ausgang zu versperren. Ein älterer Mann reicht ihr schützend die Hand. Er trägt die Züge von William Taylor.

Doch nein. Der Mann, der sie rettet, ist Friedrich.

Anna erwachte mit einem Lächeln im Gesicht. Friedrich neben ihr schlief tief und fest.

Kapitel 18 | Harmonie

Das Frühstück verlief in einer Art von Normalität, die schon wieder verdächtig schien, zumal nach den Ereignissen des Vorabends und der Szene im nächtlichen Park. Als Anna und Friedrich im Frühstückszimmer erschienen, war die reinste Harmonie angesagt. Der hübsche, mit antiken englischen Mahagonimöbeln ausgestattete Raum war wie am Vortag von der Morgensonne durchleuchtet. Im sonnengelb gehaltenen großen Tellerregal prangten die Teller aus englischem Porzellan und Steingut. Große Henkeltassen, sogenannte *Mugs*, hingen an Häkchen unter den Tellern. Um den großen ovalen Tisch saßen Roderick und Belinda, Emma und Trevor, daneben die Kinder Oliver und Claire. Amanda in ihrer Mitte widmete sich einmal dem kleinen Mädchen, einmal dem kleinen Jungen. Nichts im Benehmen des Kindermädchens ließ darauf schließen, dass sie vom Großvater ihrer Schutzbefohlenen belästigt worden war. Hatten die Gontards die Situation überhaupt richtig gedeutet?

»Tante Virginia«, die neben den beiden Kindern saß, scherzte und schäkerte mit der kleinen Nichte und dem kleinen Neffen. Auch ihr Verhalten war unauffällig, oder doch nicht? War ihre Heiterkeit wirklich echt? Wusste sie, dass die nächtlichen Spaziergänger sie erkannt hatten? Oder waren ihr die Gontards, die da im Dunkel unfreiwillig Zeugen der Szene geworden waren, gar nicht aufgefallen? Die Kinder liebten diese Tante, die burschikos und unkonventionell war. Einmal warf Amanda Beckmann den Gontards einen Blick zu, der so beschwörend war wie der Ton, in dem sie in der letzten Nacht um Verschwiegenheit gebeten hatte.

Und einmal, aber Anna mochte sich getäuscht haben, erhaschte sie einen merkwürdigen Blickaustausch zwischen Trevor und Virginia. Friedrich musste im gleichen Augenblick aufgeschaut haben, denn in seinem Gesicht spiegelte sich für einen kurzen Moment Verblüfftheit, was nur Anna auffiel. Sie kannte ihren Mann, und sie bemerkte auch, wie er sein Erstaunen zu überspielen versuchte mit der banalen Bemerkung: »Es ist doch ein Glück, dass trotz der ernsten Situation und des Trauerfalls das Wetter so freundlich ist.«

Emma runzelte die Stirn und fragte ihren Mann Trevor, ob er sich heute wieder mit den Kindern beschäftigen würde wie gestern auch schon.

»Ja, Daddy«, bettelte Oliver. Und das Kindermädchen und die Tante fragte er, ob sie wieder beim Croquet mitspielen würden.

Die beiden jungen Frauen sagten sofort zu.

»Und ich helfe dir bei den Vorbereitungen für die Trauerfeier, Mum«, bot Emma sich an, an Belinda gewendet.

Anna trank betont langsam ihren Tee, und ihr Mann bestrich sich ebenso betont langsam, aber versehentlich einen Toast mit der bitteren Orangenmarmelade, die er eigentlich nicht ausstehen konnte. Anna registrierte das Versehen und deutete es als Zeichen für die innere Angespanntheit ihres Manns, der dieser geballten Harmonie nicht zu trauen schien.

Wieder lag Sir Percival zuerst zu Virginias Füßen, näherte sich dann aber Friedrichs Stuhl. Der kraulte Kopf und Ohren des Hundes, konnte nicht genug davon bekommen. Dabei schaute er entspannt aus. Er wird wieder einen Hund bekommen, nahm sich Anna vor. Wenn wir nur schon zuhause wären.

Roderick, der sich ungewöhnlich zurückhaltend zeigte, fragte plötzlich die beiden Enkel: »Darf ich auch mitspielen bei eurem Croquet?«

Oh, nun mimt er den liebenden Großvater, dachte Gontard. Dieser Heuchler. Und ein exzellenter Schauspieler. Durch nichts lässt er erkennen, was gestern Abend passiert ist. Doch was ist eigentlich passiert? Vielleicht haben Anna und ich alles missverstanden. Und die Worte des Au-pair-Mädchens fielen ihm ein: »Es ist alles anders, als Sie denken.«

Die Kinder reagierten erstaunt, freuten sich aber über das ungewöhnliche Angebot.

»Spielt ihr beiden auch mit?«, piepste das helle Stimmchen der kleinen Claire und schaute zu den Gästen hin. Ihre Käthe-Kruse-Puppe hielt sie fest im Arm. Sie hatte sie »Gretchen« getauft, das sei typisch deutsch, hatte Amanda ihr erklärt, und passe zu den blonden Zöpfen und dem Dirndl.

»Heute Mittag gerne«, erwiderte Anna Gontard. »Aber heute Morgen haben wir eine kleine Einladung.«

»Von wem?«, fragte Belinda erstaunt.

»Von Gwendolyn Blake. Sie hat uns gestern gesehen, als wir zu Sigmund Bloom gegangen sind. Und sie hat uns für heute früh auf einen Plausch eingeladen.«

»Ach, ist sie wieder gesund?«, fragte Belinda. »Sie hat doch in letzter Zeit ziemlich abgebaut und war kränklich, unsere Miss Marple.«

»Das neugierige alte Huhn«, sagte Roderick Charlton und rümpfte abschätzig die Nase. »Die muss doch mindestens 100 sein. Die hat wohl das ewige Leben.«

In gekünstelt heiterem Ton fügte er hinzu: »So, und nun spielen wir eine Runde Croquet, oder lieber doch nach dem Mittagessen?«

Das Croquetspiel wurde verschoben, damit Anna und Friedrich Gontard würden mitspielen können. Der Hausherr verschwand in seinem Arbeitszimmer, und die Frühstücksrunde löste sich auf.

»Wir sollen um 11 Uhr bei Mrs. Blake sein. Zeit, noch ein wenig mit Oliver und Claire im Kinderzimmer zu spielen«, schlug Friedrich Gontard vor. »Immerhin sind wir ja geübte Großeltern.«

Der Vorschlag wurde jubelnd angenommen.

Kapitel 19 | Noch einmal Gwendolyn Blake

Mit Annas Vorlesen der Beatrix Potter-Geschichten um *Peter Rabbit* und *Benjamin Bunny* und Friedrich Gontards Handpuppenspiel mit *Pigling Bland, Johnny Town-Mouse* und *Tom Kitten* verging die Zeit wie im Flug, und die Gäste mussten Oliver und Claire versprechen, mit den *Flopsy Bunnies* und *Squirrel Nutkin* am Abend weiterzumachen.

Die Gontards erwarteten, Belinda und Emma bei der Besprechung der Beerdigung zu finden, als sie die Treppe vom Kinderzimmer herabgingen und an der halbgeöffneten Tür zu Belindas Büro vorbeikamen. Doch Belinda saß ganz alleine an ihrem Schreibtisch.

Der Weg zu Gwendolyn Blake führte sie am Goldregenbusch vorbei zur Kirche und entlang des Kirchhofs. Auf dem Grab von Mary Morgan lagen heute ganz frische Blumen. Ein viel größerer Strauß als am Vortag war abgelegt worden: letzte Rosen in Gelb, sogar ein Stängel Goldregen, dazu eine einzige dicke Hortensienkugel in morbidem Blau.

»Das sind Blumen aus dem Garten der Charltons«, stellte Anna fest. »Wie gestern auch schon.«

Wer betrieb da diesen heimlichen Mary-Morgan-Kult?

Vom Kirchturm schlug es 11 Uhr, als die Gontards vor der Tür des Häuschens von Gwendolyn Blake standen. Sie klingelten, besser: Sie betätigten den Türklopfer aus Messing, geformt wie eine Hand.

Nichts regte sich im Haus.

Alte Leute sind schwerhörig. Und diese Frau war nicht alt, sondern uralt. Ob sie vergessen hatte, dass sie die Gontards eingeladen hatte? Oder hatten sie sich verhört? War eine andere Uhrzeit gemeint?

Anna und Friedrich Gontard warteten, riefen und bedienten noch einmal heftig den Messingklopfer. Auch Gwendolyn Blakes Katze war nirgends zu sehen. Alles war still.

Die Gontards schauten sich fragend an. Belinda hatte die kränkliche Verfassung der alten Dame erwähnt. Ob sie gestürzt war? Oder in sonst einer hilflosen Lage?

»Lass uns zum Hintereingang gehen«, schlug Anna vor.

Sie eilte ihrem Mann voran. Die schwarzlackierte Holztür war nur angelehnt. Anna stieß die Tür auf.

Hingestreckt auf den steinernen Fliesen des Küchenbodens lag eine Gestalt. Für die alte Frau, die da auf dem Küchenboden lag, kam jede Hilfe zu spät. Uralte Menschen sterben, doch wenn sie Würgemale um den Hals haben, dann sind sie einem Verbrechen zum Opfer gefallen.

Anna saß kreidebleich neben der Toten auf dem kalten Steinboden und schaute entsetzt vor sich hin.

Draußen im Garten lag Katze Goneril und sonnte sich genüsslich auf der breiten Steinmauer.

Kapitel 20 | Persona non grata

Friedrich war für einen Moment ratlos. Er, der mehrere Jahrzehnte lang an Tatorten genau gewusst hatte, was zu tun war, zögerte hier, in diesem ihm relativ unvertrauten Land, bevor er sich entschloss, den Nachbarn der Toten, Sigmund Bloom, aufzusuchen und mit ihm zusammen das Notwendige zu veranlassen.

Sigmund Blooms Entsetzen war unbeschreiblich, als er erfuhr, was seiner Nachbarin zugestoßen war. Am helllichten Tag ermordet? Das war doch ganz unmöglich. Er verständigte die Polizei, und zusammen mit Friedrich Gontard begab er sich nun zum Tatort. Anna, überaus tapfer, war in *Rose Cottage* geblieben und hielt Totenwache.

Ich habe eine starke Frau, dachte Gontard, als er mit Sigmund Bloom, der in seiner Staatskarosse fuhr, im Häuschen von Gwendolyn Blake ankam. Sie warteten nun zu dritt auf die Ankunft der Polizei.

»Ich mache mir solche Vorwürfe«, sagte Sigmund Bloom. »Gestern Abend noch habe ich mit Gwen gesprochen. Über den Gartenzaun hinweg sozusagen. Ich schaute im Vorgarten nach meinen Blumen, und auch Gwen war dabei, ihre Rosen zu gießen. Da hat sie mich in ihrer typischen Art zu sich gewunken. Wie die Hexe im Märchen. ›Ich hab was Neues für dich‹, sagte sie. ›Und morgen wird es auch Herr Gontard erfahren. Und seine Frau.‹ Ich wurde neugierig, wusste aber, dass man Gwen Zeit geben musste, bis sie ihre Geheimnisse preisgab, die meist aus relativ harmlosen

Mitteilungen bestanden. Und manchmal wollte sie einen nur verulken mit einer angeblich wichtigen Nachricht.«

»Und was hat sie gestern Abend gesagt?«, drängte Friedrich Gontard.

»›Bei den Charltons braut sich Unheil zusammen. Zu viele Gefühle. Zu viel Liebe. Und zu viel vom Gegenteil.‹ Sie sprach fast, als sei sie eine der drei Hexen bei Macbeth und wollte auch nichts weiter sagen. ›Churchfield wird bald die Wahrheit erfahren‹, rief sie mir noch zu.«

Er schlug sich an die Stirn: »Ach, und fast hätte ich es vergessen. Am Schluss hat sie noch geseufzt. ›Ach armer William … Es ist nicht gut, nichts zu wissen. Aber das ist manchmal noch besser, als zu viel zu wissen.‹«

Er schaute voller Trauer auf die Tote hinunter, die auf den Fliesen vor ihm lag. Nichts im Raum war angerührt worden. Friedrich entschloss sich, in den anderen Zimmern des Häuschens nachzusehen. Er wollte gerade die Küche verlassen und in den schmalen Flur hinausgehen zu dem Raum hin, in dem er das Wohnzimmer vermutete, als ein Wagen vorfuhr und Autotüren zuschlugen. Friedrich Gontard ging zur Küche zurück, und im nächsten Augenblick standen zwei hochgewachsene Männer vor ihm, ein jüngerer und ein älterer. Hätte sich der Ältere und offenbar Ranghöhere von beiden als Detective Chief Inspector James Japp vorgestellt, Friedrich wäre nicht erstaunt gewesen. Dieser Mann hier war die Reinkarnation von Japp, jenes Polizeiinspektors, der recht glücklos und immer mehrere Schritte hinter den Ermittlungen von Agatha Christies Helden Hercule Poirot herhinkt, dem belgischen Privatdetektiv, der ihm aber heimlich Bewunderung zollen muss für seine Findigkeit und Schläue und unleugbare Überlegenheit.

»Detective Chief Inspector Tom Pinkerton«, schnarrte der großgewachsene Mann. Seinem jungen Kollegen, den er als Sergeant McNally vorstellte und der ihm auf den Fersen folgte, gab er die Anweisung, sich in den anderen Räumen des Hauses umzusehen.

Es war gut, dass mit Sigmund Bloom ein *native speaker* anwesend war, denn als sich Friedrich und Anna Gontard vorstellten und der Inspektor den deutschen Akzent der beiden bemerkte, veränderte sich seine Miene sichtlich. Wie Japp dem Belgier Hercule Poirot misstraute, dem »Ausländer«, so trat Pinkerton diesen beiden Deutschen nicht gerade mit Wohlwollen gegenüber. Und als Sigmund Bloom noch erklärte, Herr Gontard sei gewissermaßen vom Fach, nämlich ein pensionierter Kripochef, wurde die skeptische Miene des englischen Kriminologen nicht freundlicher.

Wieso sie zur Stelle seien, er und seine Frau und der Nachbar der Toten, wollte der Inspektor von Friedrich Gontard wissen. Anna, deren Englisch ungleich besser war als das ihres eher frankophilen Mannes, erklärte die Situation. Der junge, übrigens sehr gut aussehende Sergeant McNally kam zurück und berichtete etwas außer Atem, dass in der Lounge und im Schlafzimmer im oberen Stockwerk alle Schubladen geöffnet waren und dass dort ein ziemliches Chaos herrschte und dass es sich hier wohl um einen Raubüberfall mit Todesfolge handelte.

»Haben Sie das gewusst?«, fragte Inspektor Pinkerton wenig präzise.

Es klang vorwurfsvoll, als beschuldige er die Gontards und Sigmund Bloom, ihm etwas Wichtiges vorenthalten zu haben. Offenbar verlangte seine Frage keine Antwort, denn etwas ärgerlich rief er:

»Wo bleiben denn nur die andern alle?« Der Vorwurf galt diesmal den Kollegen von der Spurensicherung und dem Pathologen. Zwei weitere Wagen fuhren vor, und plötzlich wimmelte es in dem kleinen Häuschen von Menschen.

Alles wie bei uns, dachte Friedrich Gontard. Das übliche Tohuwabohu.

Die Geschäftigkeit der Leute von der Spurensicherung, die Geheimniskrämerei des Gerichtsmediziners, in diesem Fall einer kleinen Blondine, auffallend hübsch, mit dem klaren Teint, der vielen Engländerinnen gemeinsam ist. Sie war offenbar dem ermittelnden Inspektor freundschaftlich verbunden, denn dessen mürrisches Gesicht hellte sich beim Eintreten von Doctor Helen Murray, wie er sie vorstellte, sichtlich auf. Diese stellte nach einer kurzen Prüfung der Situation fest, dass der Tod wohl in den frühen Morgenstunden eingetreten sei. Näheres müsse in der Pathologie geklärt werden. Mindestens sieben Stunden sei die Dame hier tot.

Die Leute von der Spurensicherung wuselten im ganzen Haus herum. Doctor Helen Murray verabschiedete sich eilig, denn sie war eigentlich unterwegs gewesen nach Tunbridge Wells. Dort hatte es einen Dolchmord gegeben. »Eifersucht, das Übliche. Eine junge Tote«, sagte sie mit einem abschätzigen Blick auf Gwendolyn Blake, als sei sie wegen ihres hohen Alters und der weniger blutrünstigen Todesart ein Mordopfer zweiten Ranges.

»Ich sehe dich heute Abend im *Fox and Greyhound*, Tommy«, winkte sie zum Inspektor hin, dem diese vertrauliche Anrede vor Fremden etwas peinlich zu sein schien.

»Hat die Verstorbene irgendwelche Verwandte?«, fragte Pinkerton.

Sigmund Bloom verneinte und bot sich an, so gut er könne, einzuspringen. Als Kontaktperson, denn Gwen sei doch eine liebe Nachbarin gewesen. Er war es ihr schuldig. Rose Cottage wurde verriegelt und versiegelt, und die Gontards bat man, sich bereit zu halten für eventuelle weitere Vernehmungen. Die Nennung der Adresse der Charltons, deren Gäste die Gontards waren, löste in Inspektor Pinkerton unverhohlene Hochachtung aus. Der Rechtsanwalt und seine Familie gehörten der gehobenen Schicht an. Dies allein war Respekt heischend. Immer noch, dachte Anna Gontard. Immer noch dieses Klassenbewusstsein.

»Sie sprechen sehr gut Englisch«, sagte der Inspektor zu Anna. Sie wusste nicht, ob sie das als Kompliment ansehen sollte. Immerhin war sie Englischlehrerin gewesen. Doch richtig perfekt, das ist man doch nie, dachte Anna. Bei aller Anglophilie und Anglomanie. Ein kleiner Akzent bleibt immer hängen, wenn man kein *native speaker* ist. Das hatte sie ihren Schülern gegenüber auch immer beteuert.

Warum habe ich dem Kollegen Pinkerton eigentlich nichts davon gesagt, dass Gwendolyn Blake mir etwas mitteilen wollte, fragte sich Friedrich Gontard, als er Rose Cottage verließ.

»Die Rosen müssten gegossen werden«, sagte Anna zu ihrem Mann, als sie an der hohen Hecke vorbeigingen.

»Nein, da hilft kein Gießen mehr«, antwortete er. »Die sind am Sterben, die armen Dinger. Sie tun es ihrer Herrin nach.«

Und Sigmund Bloom wäre nicht Sigmund Bloom gewesen, hätte er nicht wieder im Stillen zitiert, indem er an seine gewaltsam zu Tode gekommene Nachbarin dachte: *Jedoch der schrecklichste der Schrecken, das ist der Mensch in seinem Wahn.* Welcher Wahn war es gewesen, der den Mörder veranlasst haben konnte, diese harmlose Frau zu töten?

Friedrich Gontard machte sich, wie hätte es anders sein können, arge Vorwürfe. Das Gewissen des Polizisten wollte nicht zur Ruhe kommen. Warum hatte er seinem englischen Kollegen nicht nur verheimlicht, dass die Tote ihm und Anna etwas hatte sagen wollen, sondern auch, dass William Taylor, dessen Tod als ein natürlicher galt, ihm ebenfalls etwas hatte anvertrauen wollen? Und er hatte kein Wort über den Brief verloren, den Sigmund Bloom bei dem Toten gefunden und ihm zugesteckt hatte. Am allerwenigsten aber hatte er dazu beigetragen, dass der Inspektor eine Verbindung herstellen konnte zwischen dem Tod der beiden alten Menschen.

Eilig gingen die Gontards zu Laburnum House zurück, bevor ganz Churchfield auf den Beinen wäre, um den Tatort zu belagern. Erste Neugierige fanden sich schon ein, zurückgedrängt von den Polizisten. Welch seltsame Ironie des Schicksals. Nun war Gwendolyn Blake, die wandelnde Dorf-Gazette, selbst Opfer von Neugier und Schaulust geworden.

Kapitel 21 | Der Brief

Die Gontards waren fast zwei Stunden weg gewesen, doch als sie in Laburnum House ankamen, empfing man sie gelassen und mit einer großen Selbstverständlichkeit. Durch Maude Thomas, die im Dorf Besorgungen gemacht hatte, waren die Gastgeber in Kenntnis gesetzt worden. Wie ein Lauffeuer hatte sich die Nachricht vom Tod der alten Frau in Churchfield verbreitet.

Die Anwesenheit der Polizei in solcher Verstärkung genügte, um Gwendolyn Blakes Tod als das zu enthüllen, was es war: ein Verbrechen. Ein Verbrechen in Churchfield, das hatte es noch nie gegeben, zumindest erinnerte sich niemand im Dorf an eine Gewalttat. Selbstmorde, ja. Einbrüche, ja. Der Kindsmord und die anschließende Hinrichtung von Mary Morgan. Aber das war Geschichte und 200 Jahre her.

»Geschieht ihr Recht, der alten Eule«, das war Rodericks Kommentar, der gerade aus der Kanzlei kam und nun verspätet seinen Lunch verlangte. »Es musste ja eines Tages passieren. Um so eine ist es nicht schade.«

»Die Nanny und die Kinder machen einen Tagesausflug. Ein Picknick in Sissinghurst Park and Garden und dann noch Eisessen in Cranbrook«, erklärte Belinda. »Mit Emma und Trevor und mit Virginia. Sie haben das spontan beschlossen. Das ist besser, als hier zu bleiben, wo … Na ja, zum Glück wissen sie noch nichts vom Tod der armen Gwendolyn. Sie war wirklich ein bisschen *batty*, aber sie war eine harmlose Verrückte.«

Roderick zog die Augenbrauen hoch, verkniff sich eine seiner gewohnten Bemerkungen. Er hatte immerhin schon zur Genüge seine Meinung über die Tote geäußert. Bevor er in Richtung Esszimmer ging, wo sein verspäteter Lunch auf ihn wartete, fragte er die Gontards, wer mit dem Fall betraut war. Als er Pinkertons Name hörte, lachte er laut heraus.

»Na, dann wird der Mörder in Ruhe schlafen können. Ich kann mich nicht erinnern, dass Pinkerton jemals ein Verbrechen aufgeklärt hat. Da traue ich seinem attraktiven Sergeant mit dem schottischen Namen eher was zu. Aber Pinkerton lässt keinen neben sich hochkommen.«

Er verschwand, immer noch lachend.

»Er ist einfach kontinuierlich im Stress, der arme Roderick. Und der Allerjüngste ist er ja auch nicht mehr«, entschuldigte Belinda ihren Ehemann.

»Kommt mit nach oben in mein Lesezimmer«, sagte sie. »Da werde ich euch von Maude Thomas einen Lunch hochbringen lassen. Was Leichtes, und ohne Roderick zu belästigen …«

Sie biss sich auf die Lippen: »Sorry, ich meinte, ohne Roderick zu belasten. Er ist schon genug strapaziert mit diesem schwierigen Fall einer hässlichen Erbstreiterei.«

Nach dem »leichten Lunch«, der aus Hummer, Toast und überbackenem Gemüse bestand und sehr gut schmeckte, ließ Belinda abräumen. Die Gontards wunderten sich, dass sie nach dem tragischen Geschehen am Morgen überhaupt etwas zu sich nehmen konnten.

Als Maude Thomas gegangen war, holte Belinda tief Luft und sagte: »Ihr Lieben, ich muss euch einen Brief zeigen, den ich vor etwa vier Tagen zufällig gefunden habe. Er lag – wohl versehentlich abgelegt – in der Bibliothek. Wie er dahin kam, das ist mir ein Rätsel. Er lag in einem Buch. Der Besitzer oder die Besitzerin hat ihn offenbar nicht vermisst, denn ich habe alle hier im Haus seither beobachtet und bei niemand eine … eine Beunruhigung feststellen können. Und ich muss zugeben, eben das beunruhigt mich.«

Typisch Belinda, dachte Anna Gontard, während ihre Freundin sprach. Ruhig und gelassen die Oberfläche, aber was spielt sich da im Innern ab? Welche Kämpfe, Zweifel, welcher Argwohn, ja welche Ängste mag sie wohl verstecken hinter der Fassade gleichbleibender Stärke?

»Da ist der Brief«, sagte Belinda. »Es ist nichts Handgeschriebenes, sondern auf dem Computer getippt.«

Die Gontards, deren Haushalt immer noch PC-frei war, dachten wieder einmal, dass diese Computer so manches verschwinden ließen: nicht nur die echte Schreibkultur, sondern in diesem Fall sogar die Möglichkeit, den Verfasser des Briefs ausfindig zu machen. Computer führten zu Anonymität. In England, das hatte Friedrich Gontard schon bei seinem letzten Besuch in den Achtzigerjahren bemerkt, waren Computer viel früher in die Haushalte eingezogen als in Deutschland. Sogar die kleine neunjährige Emma hatte damals schon einen Computer besessen, zu Lillis großem Erstaunen. Ein Computer, damals undenkbar in einem deutschen Kinderzimmer.

Belinda las den Brief, der in klarstem Englisch verfasst war, langsam und deutlich vor. Als wolle sie ihr Deutsch üben, übersetzte sie ihn gleich darauf.

»Geliebtes Wesen,

es ist kaum zu glauben, wie wichtig du für mich geworden bist. Ich nehme an, dass du daran gewöhnt bist, dass Leute das zu dir sagen. O du verwöhntes Wesen; ich werde nicht erreichen, dass du mich mehr liebst, wenn ich mich auf diese Weise verrate. Aber du, meine Liebe, ich kann dir gegenüber nicht schlau und distanziert sein. Du hast keine Ahnung, wie distanziert ich Leuten gegenüber sein kann, die ich nicht leiden mag. Ich habe es hierin zur Kunstfertigkeit gebracht. Aber du hast meine Zurückhaltung gebrochen. Und es tut mir nicht im Geringsten leid.

Es war ein wahres Erlebnis in meinem Leben und meinem Herzen, neulich mit dir zusammen zu sein. Wir sind wichtig füreinander, nicht wahr, wie verschieden unsere Wege auch sein mögen …«

»Der Brief bricht ab, als sei der Schreiber unterbrochen worden, er hat dann den Brief in das Buch geschoben, aber warum hat er ihn später nicht weitergeschrieben? Oh«, unterbrach Belinda sich selbst. »Er wollte den Brief weiterschreiben, aber … er war nicht mehr da. Ich habe ihn weggenommen. Mein Gott! Ich frage mich, wer der Verfasser des Briefs ist, aber ich kann es mir nicht denken, so sehr ich mir das Hirn zermartere.«

Beide Gontards hatten bei Belindas Worten die amouröse Szene vom Vorabend vor Augen. Roderick? Aber nein. Dieser romantische Liebesbrief konnte doch unmöglich von diesem Grobian und Schürzenjäger geschrieben worden sein. Selbst wenn: Sie hätten Belinda gegenüber diesen Verdacht nie ausgesprochen. Und Anna hatte ja schon vor so vielen Jahren geschworen, Belinda in dieser Hinsicht zu schonen.

Trevor? Dem Künstler würde man diesen Schreibstil zutrauen, dachte Anna. Ich halte ihn für einen sehr sensiblen Mann. Sehr gebildet, auch sehr emotional. Und wer ist die Adressatin? Das Au-pair-Mädchen Amanda oder gar die Schwägerin, Virginia? Anna bemerkte, dass ihr Mann ziemlich unruhig in seinem Windsor Chair hin und her rutschte. Ob er Ähnliches vermutete? Man würde sich später darüber austauschen.

Irgendetwas an ihren Mutmaßungen störte Anna. Schon während des zweimaligen Vorlesens des Briefes durch Belinda waren ihr einige Wendungen seltsam vertraut vorgekommen. Sie hatte diesen Brief irgendwann schon einmal gelesen. Vor allem die Anrede *dearest creature* – Geliebtes Wesen ließ bei Anna eine Art Déjà-vu aufkommen: Es war schon länger her, sehr lange sogar, so erschien es ihr, dass sie die Anrede *dearest creature* gelesen hatte.

Und plötzlich fiel es ihr wie Schuppen von den Augen. Und sie stellte Belinda eine Frage, deren Antwort ihre Vermutung bestätigte.

»Wie hieß eigentlich das Buch, in dem du den Brief gefunden hast?«, fragte sie und hoffte, dass Belinda ihr den naiven und beiläufigen Ton abnahm und dass sie nicht ihre große Anspannung erriet.

»Das Buch hieß *Orlando.*«

»Ach. Nie gehört … ist ja auch egal.«

Anna zwang sich nun, ganz die gute Schauspielerin zu sein, die sie eigentlich nie gewesen war. Es schien zu klappen. Sogar Annas Notlüge war Belinda nicht aufgefallen. Belinda steckte den Brief ein und sagte: »Ihr seid die einzigen, die ich ins Vertrauen gezogen habe. Ich dachte zuerst, Roderick … aber der ist auf Gröberes aus, Romantik kommt bei ihm in Kleinbuchstaben vor.«

Sie lachte. Ein seltsames Gemisch aus Erleichterung und … wieder diese Verbitterung?

»Ich würde mich gerne ein wenig ausruhen«, sagte Friedrich Gontard plötzlich. »Das war ein schrecklicher Vormittag. Komisch, ich habe mich der Welt des Verbrechens entwöhnt, glaube ich. Oder zu viel davon erlebt. Und bestimmt kommt der Inspektor noch einmal auf uns zu.«

Gontard hätte sich ohrfeigen mögen für diese Bemerkung, denn Belinda rief seltsam nervös aus: »Er will euch befragen? Ja weshalb denn? Er hält euch doch nicht etwa für die Mörder?« Sie lachte gekünstelt.

»Nein, Raubmord ist nicht unser Ding«, gab Anna zurück. »Aber Ausruhen wäre wirklich keine schlechte Idee.«

Als die beiden in ihrem Zimmer waren, fragte Friedrich Gontard: »Na, meine liebe Frau Ex-Englischlehrerin. Wer hat denn dieses Buch geschrieben? Diesen *Orlando.*«

»Du hast es gemerkt. Dir kann man nichts vormachen«, sagte Anna. »Die Autorin von *Orlando* ist die gleiche Frau, an die der Liebesbrief gerichtet war, den Belinda uns vorgelesen hat. Es ist die Abschrift eines Briefs, verfasst von Vita Sackville-West, der Herrin von Sissinghurst Castle.«

»Und die Adressatin? Du machst es aber spannend.«

»Die Adressatin ist keine Geringere als die berühmte Schriftstellerin Virginia Woolf, die Verfasserin von *Orlando*.«

»Wissen ist Macht«, sagte Friedrich Gontard, als Anna ihre Ausführungen beendet hatte. »Und wer weiß, wozu dein Wissen in diesem Fall gut sein wird.«

Anstatt geschmeichelt auf die Worte ihres Mannes zu reagieren, entgegnete Anna: »Ich bilde mir nichts auf mein Wissen ein, denn oft macht es einsam.«

»Ich weiß, was du meinst, liebe Anna. Ich fühle mich auch oft einsam, wenn ich im Fachjargon von einem antiken Möbelstück schwärme und mein Gegenüber mein Wissen belächelt oder gar glaubt, ich wolle prahlen. Oder ganz einfach angeödet gähnt, weil ihn Antiquitäten kein bisschen interessieren. Aber was denkst du, wer hat den Brief verfasst, indem er sich einer literarischen Vorlage bediente? Roderick? Trevor?«

Wie absurd, in diesen beiden die Verfasser des Briefes zu suchen. Sie wusste es nun besser, denn ihr war die Erleuchtung gekommen.

Anna wollte mit ihrem Mann über weitere Möglichkeiten sprechen, aber der war schon eingenickt, ohne ihre Antwort abzuwarten. Sie setzte sich ans Fenster und schaute in den Park hinunter. Die Teerosen an der hohen Steinmauer hatten ihren Glanz verloren. Gelbliche Blätter lagen auf dem Rasen unter der Rosenhecke. Die Dolden des Goldregens hingen in bräunlichen Hülsen verdorrt von den Ästen. In der Ferne erstreckte sich das Labyrinth, mehr denn je ein Symbol der Irrungen und Wirrungen menschlicher Leidenschaften.

Dearest creature. Geliebtes Wesen, murmelte Anna, und bald darauf nickte auch sie in ihrem gemütlichen Sessel am Fenster ein.

Kapitel 22 | Sigmund Bloom

Anna und Friedrich hatte Gwendolyn Blakes Tod tatsächlich sehr mitgenommen, denn sie wurden erst nach über einer Stunde aus ihrem Mittagsschlaf geweckt durch helle Kinderstimmen unten im Garten. Die Ausflugsgesellschaft war heimgekehrt.

»Ach ja, wir haben doch versprochen, beim Croquet am Nachmittag mitzuspielen«, sagte Anna. »Jetzt sind wir ja auch ausgeruht. Mehr oder weniger.«

Ihre Lust, auf dem Rasen rumzuflitzen, zumal bei der Hitze, hielt sich in Grenzen, aber die Gontards wollten keine Spielverderber sein, zumal sie hörten, wie Oliver und Claire unten nach *Uncle Freddie* und *Auntie Anna* fragten.

Sir Percival kam Gontard freudig wedelnd entgegen und ließ sich kraulen. Wenn Gontard in der Nähe war, waren alle anderen abgemeldet, denn Hunde spüren instinktiv, wer es gut mit ihnen meint. Oder wer sie braucht. Und Gontard tat es gut, dass der Hund, der William Taylor gehört hatte, in ihm einen Nachfolger sah. Virginia, die offiziell die Pflege des Hundes übernommen hatte nach dem Tod ihres Großvaters, schien leicht beleidigt zu sein durch die Hinwendung des irischen Setters zu Friedrich Gontard. Auch die Kinder schienen sich besonders zu dem deutschen Gast hingezogen zu fühlen, vielleicht weil sie in ihm eine Art Ersatz für den verstorbenen Grandpa sahen. Grandpa William, der eigentlich ihr Urgroßvater gewesen war. Alle waren sichtlich bemüht, die Kinder abzulenken vom traurigen Geschehen, daher auch der spontane Ausflug nach Sissinghurst und Cranbrook, wovon Claire und

Oliver begeistert erzählten. Nur die Mutter der beiden, Emma, schien den Ausflug nicht genossen zu haben, denn sie zog sich wieder mal mit Migräne zurück.

Amanda, Trevor und Virginia, Anna und Friedrich lösten nun ihr Versprechen ein, mit Oliver und Claire Croquet zu spielen. Belinda und Maude deckten gemeinsam den Tisch für den *Tea*, der anschließend an das Spiel eingenommen werden sollte.

Belinda hatte die Eltern der Kinder, das Au-pair-Mädchen und Virginia davon unterrichtet, was am Morgen vorgefallen war. Die Kinder sollten möglichst nicht erfahren, was am Morgen in Churchfield passiert war. Oliver und Claire hatten Gwendolyn Blake gekannt und gemocht, denn sie hatte immer eine Kleinigkeit für die Kinder bereit gehabt, wenn sie an ihrem Haus vorbeigingen. Meist Cadburyschokolade oder Fudge, die weichen Karamellbonbons, die so schön an den Zähnen kleben blieben. William Taylors Begräbnis war für nächsten Dienstag festgesetzt worden. Im allerkleinsten Familienkreis sollte es stattfinden. So habe ihr Vater es immer gewünscht, meinte Belinda, die nun alle Vorbereitungen getroffen hatte auf ihre sachliche, kompetente Art, ohne großes Getue.

Als alle ziemlich erhitzt vom Spiel, aber doch wohltuend müde und vor allem hungrig bei Tisch saßen und sich mit *Tea, Scones, Ginger Biscuits, Scottish Shortbread, Crumpets* und *Lemonade* stärkten, kam auf einmal ein Überraschungsgast hinzu.

Es war Sigmund Bloom, der in seiner Staatskarosse angefahren kam und sich entschuldigte, in die Mahlzeit hineinzuplatzen. Aber er müsse noch mit Friedrich sprechen. Bevor Bloom den Mord an Gwendolyn Blake erwähnen konnte, winkte Belinda ihn diskret zur Seite und bat ihn, Stillschweigen zu bewahren. Die heile Welt der Kinder war schon durch den Tod des Urgroßvaters zur Genüge ins Wanken geraten.

»Anna und Friedrich, vielleicht begleitet ihr unseren Überraschungsgast auf einen Spaziergang in den Garten«, schlug Belinda vor, und diese waren froh, damit ungestört mit Sigmund Bloom reden zu können.

Die Staatskarosse setzte sich in Bewegung, und die Gontards hatten Mühe, mitzuhalten. Sigmund Bloom schien es eilig zu haben. Sie durchquerten den Torbogen im hinteren Teil des Gartens, in dem das Labyrinth lag, und sie setzten sich auf die Bank vor Sigmund Bloom in seinem Rollstuhl.

Wir haben ihm noch nichts gesagt von der nächtlichen Szene, die wir unfreiwillig belauscht haben, ging es durch Friedrich Gontards Kopf. Als habe Bloom den Gedanken erraten, sagte er: »Dieser Irrgarten fasziniert mich immer wieder. Welch idealer Ort für Intrigen, Geplänkel und Heimlichkeiten. Eine solche Heimlichkeit führt mich auch hierher zu Ihnen. Besser gesagt: das Beobachten einer Heimlichkeit. Ich hatte es völlig vergessen in der Aufregung von heute Morgen. Um es kurz zu machen: Ich leide an Schlaflosigkeit.«

Er machte eine Pause, die den Gontards recht unmotiviert vorkam. Schlaflosigkeit war eine Volkskrankheit, bestimmt nicht nur in Deutschland, und Ältere waren besonders davon betroffen. Er war doch nicht hierhergekommen, um ihnen von seinen schlaflosen Nächten zu erzählen?

»Es war gegen drei Uhr morgens. Ja, da bin ich mir ziemlich sicher. drei Uhr ist die verflixte Zeit, zu der ich aufwache und wonach ich meist auch nicht mehr einschlafen kann. Ich war ans Fenster getreten. Seltsam, das ist sonst nicht meine Gewohnheit. Eine Katze huschte über den Bürgersteig, vermutlich Goneril. Ich strengte meine Augen an, hörte Geräusche. Die Nacht war mondhell. Während ich versuchte, meine Augen an das sonderbare Licht zu gewöhnen und die Katze zu beobachten, sah ich plötzlich eine Gestalt in Richtung Kirchhof aus der Dunkelheit heraustreten. Sie kam von Rose Cottage, wie ich mir mittlerweile ziemlich sicher bin. Sie zögerte kurz, als ob sie umkehren wolle, ging dann aber zielstrebig weiter. Ich dachte, das sei ein Spätheimkehrer von einer nächtlichen Unternehmung. Von einer Sauftour vielleicht. Vielleicht aber auch ein Ehemann auf Abwegen? Davon hat es in Churchfield keinen Mangel. Da die Person so schnell verschwunden wie sie gekommen war, dachte ich mir nicht viel dabei.«

»Konnten Sie erkennen, ob es eine Frau war oder ein Mann?«, fragte Friedrich Gontard.

»Es konnte beides gewesen sein, aber auf jeden Fall war es eine jüngere Person, da sie sich flink bewegte. Aber eines ist mir nun im Nachhinein bewusst: Vielleicht habe ich den Mörder meiner Nachbarin gesehen.«

Friedrich war enttäuscht, als Sigmund Bloom von einer jüngeren Person sprach. Hatte er insgeheim gehofft, dass die Person, die Sigmund Bloom vom Fenster aus gesehen hatte, ein älterer Mann war? Ein Mann wie Roderick? Ihm hätte er alles zugetraut, auch einen Mord.

»In den frühen Morgenstunden sei Gwendolyn Blake getötet worden, hat dies nicht die Pathologin gesagt?«, erinnerte sich Anna.

»Ja, von sieben Stunden und länger sprach sie, und wir fanden die Ärmste kurz nach elf Uhr. Das könnte passen«, bestätigte Friedrich Gontard.

»Warum haben Sie denn Chief Inspektor Pinkerton nichts davon erzählt heute Morgen?«

»Manchmal sieht man etwas, und erst später wird einem bewusst, was man gesehen hat. Und außerdem … er hat mich ja nicht gefragt.«

Diese Bemerkung wurde begleitet von einem ganz schön verschmitzten Grinsen des alten Herrn. Der Chief Inspektor gehörte offenbar nicht zu den Zeitgenossen, die er besonders schätzte.

»Wir sind im Begriff, die Polizeiarbeit zu hintertreiben, wir drei«, stimmte Gontard in den Scherz mit ein. »Ich hätte mir das in meinem aktiven Leben als Kripochef verbeten, doch jetzt bin ich ja auf der anderen Seite. *Persona non grata* bin ich bei meinem englischen Kollegen. Aber ich muss gestehen, dass ich kein schlechtes Gewissen habe und mich nicht unwohl fühle in der Rolle.«

Nach kurzem Zögern fragte Sigmund Bloom: »Aber wie soll es weitergehen? Sollen wir auf den Chief Inspektor zugehen?«

»Wir warten ab, und wir halten weiterhin Augen und Ohren offen«, schlug Friedrich Gontard vor.

Sein Blick ging in Richtung Labyrinth, und spontan entschloss er sich, Sigmund Bloom von der nächtlichen Episode zu berichten, die Anna und er bezeugen konnten. Aber er hatte nie und nimmer mit Sigmund Blooms Reaktion auf seinen Bericht gerechnet. Er hatte offene Türen eingerannt, und mehr.

Er rief aus: »Roderick, der Schürzenjäger. Natürlich hat er es auf die schöne Amanda abgesehen. Aber er ist nicht der einzige untreue Ehemann in der Familie. Sein Schwiegersohn Trevor, der ist doch bestimmt auch noch aufgetaucht in diesem Szenario. Als Retter der verfolgten Unschuld.«

Die Gontards, die über diese Konstellation noch gar nicht nachgedacht hatten, blickten sich fragend an.

»Nein. Es war Virginia, die in dem merkwürdigen Szenario aufgetaucht ist«, sagte Anna.

Nun musste Sigmund Bloom wieder einmal ein Klassikerzitat loswerden. Es war höchste Zeit: *»Sünder und böse Geister scheuen das Licht der Welt.* Das ist von Schiller, von wem sonst? Entschuldigung, ich meine damit nicht unbedingt Virginia, obwohl sie eine rätselhafte Person ist. William hat nicht nur seinem Schwiegersohn Roderick misstraut. Von Anfang an, seit seiner Hochzeit mit Belinda. Er hat mir auch einmal, ein einziges Mal, anvertraut, er werde nicht so recht schlau aus seiner jüngsten Enkelin. Diese tierliebende und sportliche, ein wenig kapriziöse junge Frau, die so spröde sein konnte, so ambivalent. Ja, er nannte sie tatsächlich ambivalent.«

»Ach«, seufzte Friedrich Gontard. »Darf ich einen anderen Klassiker zitieren, unseren anderen Dichterfürsten? *Hier steh ich nun, ich armer Tor, und bin so klug als wie zuvor.* So geht es mir gerade auch. Mir schwirrt der Kopf.«

»Ich wünschte nur«, sagte Sigmund Bloom, »ich wünschte mir, bessere Augen zu haben. Dann hätte ich die Person heute in den frühen Morgenstunden identifizieren können. Ich bin mir wirklich nicht sicher … ich bin mir nicht sicher, ob es eine jüngere Frau oder ein jüngerer Mann war, der da in der Straße herumschlich.«

»Ein Raubmord, hat Chief Inspektor Pinkerton gesagt, oder?« Annas Stimme klang unsicher.

»Der junge Sergeant hat von offenen Schubladen gesprochen und von Tohuwabohu. Ach je«, seufzte Friedrich Gontard. »Es ist ziemlich unbefriedigend, nur als Privatperson zu ermitteln. An gewisse Informationen kommt eben nur die offizielle Polizei heran.«

»Aber«, bemerkte Sigmund Bloom. »Wir haben da so unsere eigenen Möglichkeiten, weil man mit uns gar nicht rechnet.«

Und mit diesem lapidaren Satz beendete er das Gespräch und fuhr wieder nachhause.

Die Tee-Gesellschaft hatte sich inzwischen aufgelöst. Die Kinder waren mit ihrer Nanny in den oberen Gemächern verschwunden, und auch Virginia und Trevor waren nicht zu sehen.

Und wo war Roderick? Belinda saß ganz allein auf der Terrasse am bereits abgedeckten Tisch. Sie sah die Gontards von Weitem schon kommen und winkte ihnen zu. Sigmund Bloom war nach dem Torbogen zum Labyrinth schon abgebogen und trug den Gontards auf, die Hausherrin von ihm zu grüßen. Als die Gäste sich der Terrasse näherten, ließ Belinda schnell ihr Taschentuch verschwinden.

Sie lächelte, aber sowohl Anna als auch ihrem Mann entging es nicht, dass ihre Augen gerötet waren, so als habe sie geweint.

Kapitel 23 | Ex Libris

»Ich hab ja ganz vergessen, dich zu fragen, wovon dieser Roman *Orlando* handelt«, sagte Friedrich Gontard, als sie sich nach einem zugegeben mühevoll mit Smalltalk in Belindas Gesellschaft verbrachten Abend in ihr Gästezimmer zurückgezogen hatten. Sie waren erleichtert und froh, endlich allein zu sein und ungezwungen miteinander reden zu können.

»Orlando, der Protagonist, ist ein junger Mann. Er hat aber androgyne Eigenschaften, ist also beides: ein wenig Mann, ein wenig Frau. Und es ist kein Geheimnis, dass dieser Orlando die Züge von Vita Sackville-West trägt, ihr gewidmet ist und dass der Roman eine Liebeserklärung von Virginia Woolf an ihre Freundin Vita ist. Die Beziehung war alles andere als platonisch, obwohl das Geistige eine große Rolle gespielt hat. Seelenverwandtschaft zwischen zwei Schriftstellerinnen. Und beide waren ja verheiratet, Vita Sackville-West hatte sogar zwei Söhne mit ihrem Mann, der seine homosexuellen Neigungen in London auslebte, während sie in ihrem Turm schrieb, Dahlien und Rosen züchtete und zahlreiche Liebschaften mit Frauen hatte.«

Mit einem ironischen Lächeln fügte sie hinzu: »Mich als ehrbare, tugendhafte Ehefrau faszinieren solche außergewöhnlichen Frauengestalten.«

Gontard war während Annas Ausführungen nachdenklich geworden und fast ein wenig geistesabwesend.

»Warum Belinda uns wohl diesen Brief gezeigt hat? *Dearest Creature*. Geliebtes Wesen. Der Brief ist nicht adressiert, er ist unvollendet, er ist sogar genau genommen nur die Replik einer literarischen Quelle, einem Briefwechsel zwischen zwei Frauen entnommen.«

»Belinda ist mir ein Rätsel«, sagte Anna. »Man hat das Gefühl, dass sie uns auf etwas hinweisen will, ohne es direkt auszusprechen.«

»Ja«, antwortete Friedrich Gontard. »Genau das denke ich auch. Aber heute Abend werden wir nicht mehr dahinterkommen.«

Er ist müde, mein Mann, dachte Anna. Aber dieser Urlaub ist ja alles andere als ein Urlaub. Ein Tag war anstrengender als der vorherige.

Friedrich war schon eingeschlafen, als Anna immer noch wach lag. Das war eine ungewöhnliche Situation. Normalerweise wurde Friedrich ab und zu von Schlaflosigkeit gequält, doch heute war es Anna, die keinen Schlaf finden konnte.

Sigmund Blooms Worte gingen ihr nicht mehr aus dem Kopf. Wie eine Gebetsmühle drehte es sich in ihrem Kopf. Ambivalent. Ambivalent? Und die Frage, was Belinda bewogen haben mochte, ihnen beiden den Brief aus der Bibliothek zu zeigen, ließ sie nicht mehr los. Und sie wusste, was sie zu tun hatte.

Unsichtbare Fäden schienen es zu sein, die sie hinauszogen aus dem Zimmer, in den Flur, sie die Treppe hinabgehen ließen, hinein in die Bibliothek.

Dort angekommen, tastete sie sich in den nur vom Vollmond beschienenen Raum. Die Ecke, in der nach Belindas Beschreibung das Buch gelegen hatte, war so mondhell erleuchtet, dass Anna kein Licht anknipsen musste.

In der Schublade in der Kommode vorm Kamin, hatte Belinda gesagt. Da war nichts. Anna öffnete die Schublade daneben, und da lag das Gesuchte. Ein hübsches Cover. Ein Liebespaar, gemalt im Stil der Präraffaeliten. Autorin und Buchtitel in Riesenlettern. *Virginia Woolf: Orlando.*

Anna öffnete das Buch. Da war auf der ersten Seite eine Vignette eingeklebt. Ein Exlibris mit einem Namen, der ebenfalls in großen Lettern geschrieben war. Anna musste die Augen zusammenkneifen, um den Namen lesen zu können.

Die Worte *ambivalent* und *androgyn* schwirrten ihr im Kopf herum.

Anna vergaß zu atmen, während sie den Namen entzifferte: *Virginia Charlton.*

Wer war das geliebte Wesen?

Anna legte das Buch zurück, dann tastete sie sich ihren Weg hoch durchs Treppenhaus und ins Gästezimmer. Wieder drehte sich die Gebetsmühle unaufhaltsam in Annas Kopf, aber wie durch ein Wunder schlief sie endlich doch noch ein.

Kapitel 24 | Frühstück

Sir Percival wartete schon vor der Tür des Gästezimmers. Der treue Hund, der mittlerweile auf Friedrich fixiert schien, geleitete das Ehepaar hinunter in den Frühstücksraum, wo nur für drei Personen gedeckt war. Belinda saß, von Kopf bis Fuß elegant, mit gelassener Miene und ganz und gar die besorgte Gastgeberin und Hausherrin, am oberen Ende des langen, ovalen Mahagonitisches, der heute mehr denn je in rötlichem Glanz erstrahlte.

»Oh«, sagte sie, nachdem sie sich nach dem Schlaf der Gäste erkundigt und – zumindest was Anna betraf – eine nicht ganz wahrheitsgemäß positive Antwort bekommen hatte. »Chief Inspector Pinkerton hat vor etwa zwanzig Minuten angerufen. Er hat noch einige Fragen an euch wegen Gwendolyn Blake, denn ihr wart ja als erste am Tatort.«

Hinter Belindas scheinbar gleichgültig hervorgebrachter Mitteilung lag ein besorgter Unterton.

Belinda hat Angst, dachte Anna.

Belinda hat Angst, dachte auch Friedrich Gontard. Sie hat Angst, dass ihre noble Familie hineingezogen wird in die Ermittlungen zu einem Fall, der doch primär nicht ihre Familie betrifft.

Anna hatte ihrem Mann, kurz bevor sie beide zum Frühstück gegangen waren, von ihrer nächtlichen Schnüffeltour berichtet. Bei Tag betrachtet erschien ihr plötzlich diese Entdeckung, die ihr in der Nacht noch so bedeutungsvoll vorgekommen war, auf einmal weniger eindeutig.

Warum sollte Virginia Charlton kein Buch von Virginia Woolf

lesen? Das Buch war immerhin ein englischer Klassiker. Ließ ihr Auftauchen im Irrgarten vermuten, dass ihr daran gelegen war, das Tête-à-Tête zwischen ihrem liebestollen Vater und dem Au-pair-Mädchen zu stören, weil sie einer bedrängten Geschlechtsgenossin zu Hilfe eilen wollte, oder gab es dafür andere Gründe?

Annas Kopf schwirrte von all den Fragen, und ihr Mann Friedrich hatte zu Besonnenheit ermahnt. Keine voreiligen Schlüsse, bitte. Was hatte der Brief schon zu bedeuten?

Belindas Mitteilung, dass der Inspektor sie sehen wolle, stand nun im Vordergrund des Interesses, und nach einem üppigen *English breakfast* machten sich die Gontards auf den Weg ins Rose Cottage, wo Pinkerton sie um zehn Uhr erwartete.

Sir Percival trottete eine Weile neben Friedrich Gontard her.

»Ich bin bald wieder zurück«, tröstete Gontard den Hund, der sich an seine Fersen heftete. Sir Percival ergab sich seufzend in sein Schicksal und trottete langsam zurück ins Haus.

Kapitel 25 | Fundsache

Chief Inspector Pinkerton ähnelte heute noch viel mehr als bei der ersten Begegnung seinem berühmten Doppelgänger Japp. Der dichte schwarze Schnurrbart seines englischen Kollegen erschien Friedrich Gontard prächtiger denn zuvor.

Da die Gontards auf den Glockenschlag genau um zehn Uhr in Rose Cottage eintrafen, ernteten sie diesmal sogar ein Lob für ihre Pünktlichkeit.

»Pünktlichkeit ist die Höflichkeit der Könige«, sagte er, wie schon Sigmund Bloom vor ihm. »Und Sie als Demokraten haben sich wohl unserer monarchistischen Sitte angepasst?«

Er sagte es mit einem gönnerhaften Lächeln und schien heute besser gelaunt zu sein als am Vortag. Einen gewissen trockenen Humor konnte man Pinkerton wirklich nicht absprechen.

»Aber ja«, konterte Friedrich Gontard geschickt. »Wir Deutschen haben außerdem auch eine monarchistische Vergangenheit. Und denken Sie mal an das Haus Hannover, das im 18. Jahrhundert den einen oder anderen King George geliefert hat. Wir haben vieles gemeinsam in unserer Historie. Und gewiss auch viel Gemeinsames im Wesen. Pünktlichkeit gehört dazu.«

Worauf Inspektor Pinkerton seinem kontinentalen Kollegen die Hand schüttelte, was man als große freundschaftliche Geste ansehen musste. Händeschütteln gehört tatsächlich nicht ins Repertoire britischer Gepflogenheiten.

Der Chief Inspector wurde nun offiziell. Oder sollte man lieber sagen, dass er nun Klartext sprach? War sein freundliches

Händeschütteln seine Art, sein Gegenüber ein wenig zu düpieren, bevor er sehr deutlich zur Sache kam?

Nachdem das Ehepaar Gontard auf dem Sofa des Wohnzimmers von Gwendolyn Blake Platz genommen hatte, streckte er Friedrich Gontard ein Büchlein entgegen. Es war ein Notizbuch, eine Art Kalender.

»Schauen Sie mal«, sagte er mit einer veränderten Stimme und mit tadelndem Unterton. »Dies hier haben meine Leute gefunden. Es gibt in diesem Büchlein einen interessanten Eintrag. Können Sie mir den erklären, Herr Kollege?«

Die Anrede klang unverhohlen ironisch.

Da stand in gestochen feiner, typisch englischer Schrift unter dem gestrigen Tag, dem Tag ihres Todes, ein Eintrag in Kurzform:

Seeing Mr. Gontard and his wife. Death of William Taylor?

»Warum haben Sie mir das verschwiegen?«, fragte Chief Inspector Pinkerton. Und er schaute die Gontards aus seinen leicht vortretenden Augen vorwurfsvoll an. »Gwendolyn Blake hatte Ihnen Wichtiges im Zusammenhang mit dem Tod von William Taylor mitzuteilen?«

Gontard war so verblüfft, dass er kein Wort hervorbrachte.

Anna kam ihm zu Hilfe mit einem unschlagbar logischen Argument.

»Mrs. Blake hat uns nicht den Grund der Einladung genannt. Sie bat uns lediglich, ihr am Morgen um elf Uhr einen Besuch abzustatten. Der Eintrag beweist doch nichts, oder? Sie hat das wohl für sich selbst eingetragen. Immerhin war sie schon sehr alt und bestimmt auch vergesslich. Und wahrscheinlich wollte sie einfach nur Näheres wissen über den Tod von William Taylor. Sie war als sehr neugierig bekannt. Das ist kein Geheimnis.«

Die *white lie* Annas war nur teilweise eine Notlüge, denn tatsächlich hatte Gwendolyn Blake mit keiner Silbe William Taylors Tod erwähnt. Friedrich Gontard musste sich zurückhalten, um sich nicht anmerken zu lassen, wie stolz er auf seine clevere Frau war.

Mit ihrer Notlüge hatte sie ins Schwarze getroffen. Das Argument war unwiderlegbar, und nun war Pinkerton in Erklärungsnot. So gelassen hatte Anna das Argument hervorgebracht, dass sogar Friedrich Gontard beinahe glaubte, sie habe die ganze Wahrheit gesprochen.

»*Well ... sorry ...* «, stammelte der Inspektor und reckte sich in die Höhe. Er erschien Friedrich Gontard größer und stattlicher als am Vortag.

»Wir sollten mal gemeinsam einen Gang durchs Haus machen«, schlug er völlig unerwartet vor.

»Darf ich hierbleiben?«, fragte Anna. »Mir ist heute nicht ganz wohl. Ich habe Kopfschmerzen.«

Gontard schaute erstaunt, Pinkerton vorwurfsvoll. Diese Deutschen! Zimperlich. Eine Engländerin würde nie über ein Wehwehchen klagen, schien sein Blick zu sagen.

Als die beiden Männer in den Flur hinaustraten, schaute Friedrich Gontard ganz kurz zu seiner Frau zurück. Sein Erstaunen war noch größer, als er gerade eben auf Annas Gesicht ein Lächeln wahrnahm, das nicht zum Kopfweh passte. Es war ein Lächeln der Genugtuung.

Anna hörte die Schritte der Männer, die die Treppe hochstiegen. Sie fasste rasch in die Ritzen des Sofas, auf dem sie saß, holte den Gegenstand hervor, den sie während des Gesprächs mit dem Chief Inspector entdeckt hatte, prüfte ihn mit einem ungläubigen Kopfschütteln und steckte ihn blitzschnell in ihre Handtasche.

Friedrich wird staunen, dachte sie. Ich staune ja selbst, mehr noch: Ich bin entsetzt.

Und sie verbrachte die Zeit, bis die beiden Männer von ihrem Rundgang zurück waren, mit Grübeln.

Nein, es konnte nicht sein. Und vor allem: Es durfte nicht sein.

Chief Inspector Pinkerton hatte sich erholt von der Enttäuschung, die Gontards nicht überrumpeln zu können, doch er hielt noch einen Schachzug offen.

»Also: Mrs. Blake hat Ihnen nicht den Grund der Einladung verraten, doch vielleicht können Sie mir erklären, was sie wohl gemeint haben könnte, wenn sie in ihrem Notizbuch den Tod von Mr. Taylor erwähnt? Ich weiß, dass Mr. Taylor verstorben ist. Ich weiß auch von Dr. Bailey, dem Hausarzt der Familie, dass Mr. Taylor an Herzschwäche, also eines natürlichen Todes, gestorben ist. Dr. Bailey ist nämlich auch mein Hausarzt, und ich hatte zufällig mit ihm zu tun und habe bei der Gelegenheit von dem Todesfall gehört. Er ist hundertprozentig vertrauenswürdig. Wenn ich nicht wüsste, dass dies so ist, würde mich die Notiz von Gwendolyn Blake schon etwas wundern oder hellhörig machen. Hat sie etwa daran gezweifelt, dass Mrs. Charltons Vater eines natürlichen Todes gestorben ist? Was meinen Sie dazu?«

Pinkertons provokative Frage wurde nicht sofort beantwortet, zumal sie von einem lauernden Blick begleitet war.

»Gwendolyn Blake war als Skandalnudel bekannt, oder?«, stand Anna Gontard ihrem Mann bei. »Ich meine damit natürlich nicht, dass sie selbst Skandale ausgelöst hat, sorry, es war das falsche Wort. Sie war ein *scandalmonger*, eine Frau, die Skandale witterte, kolportierte und nicht viel von Geheimnissen hielt. Wie bereits vorhin erwähnt, wollte sie uns vielleicht ausfragen über die Vorbereitungen zum Begräbnis und solche Dinge, die für eine Dorfklatschbase wichtig sind.«

»Die wandelnde *Churchfield-Times*, ja, das war sie«, stimmte Pinkerton ihr zu. »Sie haben wohl Recht. Meine Spekulationen Mr. Taylors Tod betreffend waren wohl etwas übertrieben.«

Die Gontards atmeten innerlich erleichtert auf, und es entstand eine kleine Pause.

»Mrs. Blakes Tod sieht ganz nach einem Raubmord aus, oder?«, lenkte Friedrich Gontard ab.

In seinem Kopf sagte eine Stimme, ich glaube nicht an einen Raubmord. Die geöffneten Schubladen, das Chaos, das kommt mir vor, als sollte damit die Polizei in die Irre geführt werden. Er fragte seinen englischen Kollegen: »Weiß man eigentlich, was der Täter gestohlen hat?«

»Natürlich nicht. Wir wissen nicht, ob die alte Dame Schmuck besaß oder sonstige Pretiosen oder Wertpapiere oder Bargeld im Strumpf. Einen Safe haben meine Leute jedenfalls nicht gefunden. In einer Schatulle im Schlafzimmer gab es Korallenschmuck. Türkise. Broschen. Nichts wirklich Wertvolles. Und das Silber im Wohnzimmer war noch im Besteckkasten. Aber wir sind ja erst am Anfang unserer Ermittlungen.«

Bei dem Wort Schmuck zuckte Anna kurz zusammen, was nur ihr Mann bemerkte.

Der Inspektor schien sich vorläufig zufrieden zu geben mit der Annahme, dass Mrs. Blake als dorfbekannte schrullige Verbreiterin von Skandalgeschichten nicht ernst zu nehmen war, zumal sie offenbar unter Altersparanoia gelitten und Gespenster gesehen hatte. Er verabschiedete die Gontards, nicht ohne sie zu ermahnen, den Inhalt dieses Gesprächs für sich zu behalten. Und sie möchten sich bitte für weitere eventuelle Fragen bereithalten.

»Wir werden aber bald abreisen müssen. Wir warten noch William Taylors Begräbnis ab.«

»Ja dann«, sagte Chief Inspector Pinkerton etwas gequält, » dann muss ich mich beeilen, den Mörder von Mrs. Blake dingfest zu machen, damit Sie auch noch was davon haben.«

Er lachte herzhaft über seinen Witz und begleitete die Gontards zur Tür hinaus.

»Ach«, sagte er noch »Die Gerichtsmedizinerin hat übrigens festgestellt, dass das Opfer tatsächlich gegen drei Uhr morgens ermordet wurde.«

Er schaute bei diesen Worten versonnen drein, lächelte sogar ein wenig. Ob er über diese Tatsache von der blonden hübschen Dr. Helen Murray am gestrigen Abend im *Fox and Greyhound* in Kenntnis gesetzt worden war?

»Wer hat übrigens das Kätzchen von Mrs. Blake aufgenommen?«, erkundigte sich Anna Gontard.

»Oh, Helen ... ich meine Doctor Murray hat sich erbarmt«, erwiderte Pinkerton. »Sie ist eine ausgesprochene Katzennärrin und hat gerade ein Kätzchen einschläfern lassen müssen. Da kam Mousy gerade Recht.«

»Mousy? Die Katze der bedauernswerten Mrs. Blake hieß aber Goneril.«

»Goneril? Komischer Name, nie gehört«, meinte Pinkerton und verschwand im Haus.

Anna lächelte nachsichtig. Der Inspektor hatte es offenbar nicht mit Shakespeare und der englischen Literatur. Die Gontards gingen den Pfad entlang, am Kirchhof vorbei.

»Du hast uns aus der Patsche gezogen, danke«, sagte Friedrich Gontard und schlang seinen Arm um Annas Taille.

»Und ich hab noch eine Überraschung parat, aber eine, die mich nicht freut«, sagte sie.

»Du sprichst in Rätseln«, entgegnete Friedrich Gontard.

»Ich bitte noch um etwas Geduld, bevor wir unter uns sind und ganz ungestört«, vertröstete Anna ihren Mann.

Sie wurden bereits von der Hausherrin erwartet, denn es war Lunchtime. Belinda fragte die Gäste, ob der Inspektor Wichtiges hatte wissen wollen. Wieder diese künstliche Gelassenheit!

»Wir haben nichts Wichtiges erfahren«, antwortete Anna.

»Routinefragen. Sonst nichts«, sagte Gontard.

Anna fiel ein Satz aus Macbeth ein. Macbeth spricht davon, dass er und seine Frau ihre »Mienen zu Masken für ihre Herzen« machen. Und dabei hatte sie ein schlechtes Gewissen der Freundin gegenüber, über deren Rolle sie sich jedoch immer mehr zu wundern begann.

Kapitel 26 | Der Schmuck

Friedrich musste bis nach dem Mittagessen warten, bis er erfahren durfte, welche Entdeckung Anna in Rose Cottage gemacht hatte.

Der Lunch wurde gemeinsam eingenommen. Ausnahmsweise war die gesamte Großfamilie versammelt, und obwohl auch Roderick anwesend war, verlief das Essen in erfreulich entspannter Atmosphäre. Die Beerdigung stand bevor, am nächsten Tag sollte die Trauerzeremonie für Grandpa William vonstattengehen. Man sprach kaum und wenn, dann in pietätvoll leisem Ton. Die Kinder passten sich an, flüsterten. Es waren artige Kinder. Sir Percival lag wieder zu Füßen von Friedrich Gontard und fühlte sich sichtlich wohl. Belinda sprach von der morgigen Zeremonie und erwähnte kurz das Procedere, das sie mit Vicar Bryson abgesprochen hatte. Auch die passende Kleidung war Thema. Man würde den Nachmittag nutzen, um sich vorzubereiten. Die Kinder schauten sich enttäuscht an. Kein Croquet heute? Aber sie akzeptierten stillschweigend das Gebot ihrer Großmutter.

In ihrem Zimmer angekommen, ging Anna zielstrebig auf ihre Tasche zu und holte den Gegenstand heraus, den sie zwischen den Sofakissen in Rose Cottage gefunden hatte.

»Da«, sagte sie nur und streckte die geöffnete Hand aus.

Das Fundstück war ein gefasster blauer Stein an einer goldenen Halskette.

»*Something borrowed, something blue*«, zitierte Anna. »Etwas Geborgtes, etwas Blaues.«

»Dann hatte Gwendolyn Blake also doch mehr Schmuck als vermutet?«, fragte Friedrich. Er verstand nicht, was Anna meinte.

»Das ist nicht der Schmuck von Gwendolyn Blake. Es ist *mein* Schmuck.«

Entgeistert starrte Friedrich Gontard seine Frau an, doch die hob zu einer Erklärung an: »Ich habe dir doch von der Hochzeit erzählt. Und von der Sitte, dass die Braut traditionsgemäß vier Dinge tragen muss: etwas Altes, etwas Neues, etwas Geborgtes, etwas Blaues. Ich hatte Belinda meinen Anhänger geborgt. Einen Saphir, einen blauen Stein. Es war ein Konfirmationsgeschenk von Tanta Klara für mich. 1955 war das gewesen. Ich habe den Anhänger nie gemocht. Du weißt ja, ich bin der Herbst-Typ und kann Blau nicht tragen. Eine Antifarbe. In Blau sehe ich aus wie … wie eine Leiche.«

»Nicht ganz, nur wie deine eigene Uroma«, meinte Friedrich Gontard.

»Auch nicht besser. Aber schau mal her. Ich hab den Schmuck doch Belinda geschenkt nach … nach der Episode mit Roderick. Vielleicht hab ich ihr den Schmuck aus schlechtem Gewissen heraus geschenkt. Dumm von mir, ein schlechtes Gewissen musste ich ja nicht haben. Ich habe Roderick niemals ermutigt …«

»Du musst dich doch nicht entschuldigen, Anna. Solch einen schlechten Geschmack in Männern hätte ich dir auch nie zugetraut.«

»Na ja, verstehst du denn nicht? Es war seitdem Belindas Schmuck. Und ich frage mich, wie Belindas Schmuck an den Tatort kommt. Ich hatte den Schmuck schon erspäht, als der Inspektor mit uns im Wohnzimmer gesprochen hat, und ich dachte mir schon, dass da die Spurensicherung was übersehen hatte. Das soll vorkommen, und es war ein Zufall, dass ich ausgerechnet auf dem Sofa saß und den winzigen Teil, den Kettenverschluss erblickte. Aber damit hatte ich nicht gerechnet: meinen Schmuck, Belindas Schmuck zu finden.«

»Bist du dir sicher, dass es wirklich deine Halskette ist?«

Als Antwort deutete Anna nur auf eine feine kleine Gravur auf der Unterseite der Goldfassung:

Für Anna zur Konfirmation 1955. Tante Klara.

»Es wäre ein großer Zufall, wenn es diese Gravur zweimal gäbe.«

»Du hast Recht. Aber wie …?« Friedrich Gontard war ratlos.

»Ja. Wie kommt Belindas Schmuck an den Ort eines Verbrechens? Das frage ich mich schon die ganze Zeit.«

»Sigmund Bloom hat eine jüngere, flinke Person durch die Nacht huschen sehen«, sagte Friedrich Gontard. »Diese Beschreibung passt nicht auf Belinda.«

»Ich werde Belinda auf den Schmuck ansprechen, vielleicht im Zusammenhang mit der Trauerkleidung, die am Nachmittag vorbereitet wird«, schlug Anna vor.

»Ich vertraue auf dein diplomatisches Gespür«, erwiderte Friedrich Gontard. »Das könnte klappen.«

Die Gelegenheit bot sich überraschend bald, denn Belinda fragte die Freundin, ob sie sich vorstellen könnte, etwas Geborgtes zur Trauerfeier zu tragen, denn Anna habe bestimmt doch nichts Schwarzes im Reisekoffer.

»Oh«, antwortete Anna. »Ja, das ist ja fast wie damals, 1964, wo ich dir etwas geborgt habe. Und nun kannst du mir was borgen.«

»Ich denke, ich habe da was für dich. Du bist zwar schlanker als ich, Anna, aber Trauerkleidung muss ja nicht hauteng sein, oder?«

Und man fand sogar einen passenden schwarzen Hosenanzug für Anna, der Belinda zu eng geworden war.

»Den passenden Schmuck hast du ja dazu«, meinte Belinda. »Die Bernsteinkette sieht sehr edel aus.«

»Apropos Kette«, sagte Anna.

Sie konnte unmöglich die ideale Gelegenheit ungenutzt verstreichen lassen.

»Hast du noch mein Geborgtes von damals? Die Goldkette mit dem Saphir?«

»Ja, sie ist noch im Haus«, erwiderte Belinda. »Allerdings habe ich sie vor Jahren schon Emma geschenkt. Sie passt zu ihren blauen Augen, zu ihrem Typ, aber vor allem passt sie zu einer jüngeren Frau. Ich habe sie nicht mehr getragen in den letzten Jahren. Du bist mir bestimmt nicht böse deswegen, und immerhin bleibt dein Schmuck in der Familie.«

Es war gut, dass es im Raum nicht sehr hell war. Nur so konnte Anna ihre schockartige Reaktion verbergen. Bei ihrem Mann angekommen, berichtete sie von dieser überraschenden Wendung.

»Sigmund Bloom hatte dann wohl doch richtig beobachtet: eine jüngere Person, recht flink«, sagte Friedrich Gontard.

In Annas Erinnerung blitzte plötzlich für einen kurzen Moment ein Bild auf: am ersten Tag ihres Besuchs war ihr an Emmas Hals ein Goldkettchen aufgefallen, jedoch das daran hängende Schmuckstück war nie zu sehen gewesen, verdeckt von Bluse oder Sweater. Nur einmal, beim Croquetspiel, baumelte ein blauer Stein an einer Goldkette, als Emma sich während des Spiels bückte, wurde aber schnell wieder zurückgesteckt..

»Es ist sehr illegal, was wir tun«, sagte Friedrich. »Wir unterschlagen ein wichtiges Beweisstück. Und nicht nur eins.«

Die Gontards berieten sich, was zu tun wäre, aber sie kamen an diesem Abend zu keiner Entscheidung.

»Morgen. Morgen werden wir weitersehen«, sagte Friedrich Gontard.

Er schlief in dieser Nacht tief und fest. England war offenbar ein gutes Heilmittel für seine Schlaflosigkeit. Trotz allem, was in den letzten Tagen geschehen war.

Kapitel 27 | Mary Morgan

Wer jedoch nicht gut schlief, das war Anna. Sie, die im Gegensatz zu ihrem Mann selten schlaflose Nächte verbrachte, stand kurz nach Mitternacht auf, nachdem sie sich lange hin und her gewälzt hatte, und trat ans Fenster.

Der Vollmond beschien den hinteren Teil des Gartens. Das Labyrinth lag in gespenstischer Stille, einem geduckten, ruhenden Ungeheuer nicht unähnlich.

Plötzlich sah Anna, wie sich aus dem Schatten des Hauses eine Gestalt löste und auf das Hauptportal zulief. Anna nahm die gleichmäßigen Atemzüge ihres schlafenden Mannes wahr und schlich auf Zehenspitzen zur Tür, zog sie leise hinter sich zu, tastete sich vorsichtig durch den Flur hin zur Treppe. Ihr Herz klopfte wild gegen die Rippen. Sie wagte kaum zu atmen. Doch ihre Neugierde war größer als ihre Angst, und sie beschloss, der geheimnisvollen Gestalt zu folgen.

Der gesamte vordere Teil des Anwesens lag zum Glück im Dunkel, und Anna folgte dem schmalen Pfad, der zu St. Andrew's Church hinführte. Die Kirche und der Friedhof lagen im Halbschatten, doch Annas angestrengte Augen konnten nahe der Kirchhofmauer eine Person erkennen, die vor einem Grabstein kniete.

Anna kam langsam und vorsichtig näher und sah eine Frauengestalt, die etwas vor dem Grabstein ablegte. Es war ein Blumengebinde. Anna wusste nicht, weshalb sie sich intuitiv entschloss, die Frau anzusprechen, die mit dem Rücken zu ihr vor dem Grab kauerte. Es war das Grab von Mary Morgan.

»Sind es diesmal Teerosen oder ist es Goldregen?«, hörte sie sich fragen.

Die Frau vor ihr drehte sich um, und zu Annas großem Erstaunen antwortete die brüsk Angesprochene mit einer ruhigen und völlig unaufgeregten Stimme: »Nein, die Rosen sind fast alle verblüht. Und der Goldregen ist auch schon welk. Diesmal sind es die ersten Dahlien. Man sieht es nicht, aber sie sind flammendrot.«

Amanda musste bemerkt haben, dass ihr jemand gefolgt war, und ohne Furcht sprach sie weiter: »Es musste ja irgendwann einmal passieren, dass mich jemand entdeckt. Nun waren es eben Sie, Frau Gontard. Das ist besser, als …«

»Ja, haben Sie keine Angst gehabt, dass … Roderick Sie wieder belästigt. Wie im Irrgarten?« Anna hatte sich auf das Kirchhofmäuerchen gesetzt, das an der Stelle nahe von Mary Morgans Grab ziemlich nieder war.

»Er wird es nicht noch einmal wagen«, entgegnete das Au-pair-Mädchen voller Überzeugung. »Nachdem Virginia …«

»Nachdem Virginia Sie gerettet hat?«

Die junge Frau gab keine Antwort.

»Sie verehren Mary Morgan?«

Auch Annas rhetorische Frage blieb zunächst unbeantwortet, doch dann sagte Amanda, die sich auf das Steinmäuerchen neben Anna setzte, mit leidenschaftlich erregter Stimme: »Sie ist eine von uns. Eine von uns vielen Frauen, die Opfer von Männergewalt wurden. Wie kann man da nicht solidarisch sein? Seit ich vom Schicksal dieses Mädchens gehört habe, hat mich Mary Morgan fasziniert. Genau 200 Jahre ist es her, dass man sie gehängt hat. 1805 war das, sie war gerade mal siebzehn Jahre alt. Aus purer Verzweiflung hat sie ihr Neugeborenes getötet.«

»Ja, eine Gestalt wie bei Goethe«, sagte Anna. »Gretchen, von Faust geschwängert, und sie wurde zur Mörderin ihres Kindes. Ein trauriges Frauenschicksal wie so viele andere damals.«

Amanda fuhr hoch und rief: »Wissen Sie, dass unser hochverehrter

Dichterfürst als Geheimer Rat eine junge Kindsmörderin zum Tod verurteilen ließ? Ich habe das einmal irgendwo gelesen.«

»Ich kenne das Gerücht um Goethe«, stimmte Anna zu. »Und dennoch, die Gretchenszene im Kerker ist so ziemlich das Anrührendste, was es in der deutschen Dichtung gibt.«

»Ja, das stimmt, ich kenne die Szene aus der uralten Verfilmung mit Ella Büchi als Gretchen. Aber Goethe war scheinheilig wie alle Männer. Und wissen Sie, Frau Gontard, dass Mary Morgan hätte gerettet werden können durch ihren Richter, einen gewissen Judge George Harding, der in die Geschichte eingegangen ist als Poet und Philanthrop? Virginia hat mir all das …?«

Sie hielt erschrocken inne.

»Virginia Charlton?«

Anna wusste, dass sie nun beharrlich weiterfragen musste.

»Virginia hat Ihnen alles erzählt. Von ihr haben Sie alles über die arme Mary Morgan erfahren, oder?«

Dearest creature, dachte Anna. Nun weiß ich, wer den Brief geschrieben hat, der an die literarische Vorlage angelehnt war.

Doch sie musste Gewissheit haben. War Virginia Charlton wirklich die *dearest creature* aus dem Brief, den Belinda in der Bibliothek gefunden hatte?

Die junge Frau neben ihr brach plötzlich in Tränen aus:

»Es ist alles anders, als Sie denken«, sagte sie. »Virginia erwidert meine Zuneigung nicht. Ich habe ihre Gesten und ihr Interesse an mir missverstanden. Von ihrer Seite war es nur Freundschaft, nicht mehr.«

»Doch der Abend im Labyrinth?«

Anna verstand nun nichts mehr.

»Sie hatte Trevor gesucht. Und sie war, das hat sie mir am nächsten Tag gesagt, sehr erleichtert, dass es nicht Trevor, sondern ›nur‹ ihr Vater war, der …«

In Annas Kopf überschlugen sich die Gedanken.

Virginia und Trevor? Virginia liebte ihren Schwager?

»A liebt B, B liebt C, C liebt D? Kennen Sie dieses Muster, Frau Gontard? B bin ich, C ist Virginia, D ist Trevor. Ich liebe Virginia, Virginia liebt Trevor.«

»Aber wer ist A?«, fragte Anna voller Ungeduld.

»Eine Frau, die von ihrem Mann enttäuscht ist, denn er ist D, und er erwidert die Liebe von C«, antwortete Amanda fast unhörbar leise.

Emma, natürlich. Emma. Warum bin ich nicht schon längst darauf gestoßen, dachte Anna. Sie sprach den Namen nicht aus. Sie schaute Amanda an, deren Gesicht im Mondlicht gespenstisch aussah. Amanda nickte stumm.

»Nun kennen Sie die Wahrheit, Frau Gontard. Oder zumindest einen Teil davon. Meine Zeit als Au-pair-Mädchen ist bald vorbei. Nichts hält mich hier. Ich werde nach Deutschland zurückkehren, mein Germanistik- und Anglistikstudium beenden. Ich möchte am liebsten alles vergessen. Das heißt: nicht die Kinder und auch nicht Grandpa William. Mister Taylor war ein richtiger Freund. Wir haben uns oft unterhalten. Er hatte solches Heimweh nach Deutschland, und ich habe ihm erzählt von seiner Heimat, ich habe ihm vorgelesen aus seinen geliebten Klassikern: Hebbel mochte er am liebsten. Und er war derjenige, der mich beschützt hat. Roderick Charlton hat erst gewagt, mich sexuell zu belästigen, als sein Schwiegervater tot war.«

»Und William Taylor wusste von Rodericks Absichten?«

»Ja.«

Anna wagte sich nun weiter vor: »Und er wusste auch von … von Ihrer heimlichen Liebe zu seiner Enkelin Virginia?«

»Er machte einmal eine seltsame Bemerkung, ja. Er fragte mich, was ich von der Schriftstellerin Virginia Woolf hielt, und von Vita Sackville-West und von ihrer Liebschaft. Er sagte ganz altmodisch Liebschaft. Ich war verlegen, er merkte mir meine Unsicherheit an. Er war sowieso ziemlich altmodisch, nicht nur in seiner Wortwahl. Er hat offen zugegeben, dass er ›solche Konstellationen‹

missbilligte. Ja, ich glaube, er hat etwas geahnt, aber nichts Genaues gewusst.«

Nach einer kleinen Pause fuhr sie fort, und irgendwie schien sie eher zu sich selbst zu sprechen als zu Anna: »Ich werde Virginia vergessen müssen, die meine Gefühle nicht erwidert, und ich werde ihre Schwester vergessen müssen, die mich zwar nicht plump belästigt hat, die mir aber dennoch zu verstehen gab, was sie für mich empfindet. Durch heimliche Blicke, durch Gesten, leichte Berührungen, die unmissverständlich waren. Einmal hat sie mich hier an dieser Stelle angetroffen und hat mir ihre ... ihre Zuneigung gestanden. Ich bin einfach weggegangen. Ich hatte das ungute Gefühl, dass eine Person an der Kirchhofmauer vorüberging, uns belauscht hat, aber vielleicht habe ich mich auch getäuscht. Sie hat mir Zettelchen geschrieben. Teile aus dem Briefwechsel zwischen Virginia Woolf und Vita Sackville-West. Ich habe sie alle weggeworfen.«

Anna wusste nun, wer den Brief begonnen hatte und offenbar beim Schreiben gestört worden war. Emma hatte den Brief ins Buch gelegt, das ihrer Schwester Virginia gehörte. Ein Zufall? Provoziert durch die Situation? Anna hielt es für unnötig, den Brief zu erwähnen. Dieser eine Brief hatte Amanda nicht erreicht.

Emma, ein gefundenes Schmuckstück, eine verirrte Zuneigung. Enttäuschung und Seelenpein. All diese Elemente fügten sich für Anna zu einem Mosaik zusammen, mündeten in dem Wort: Schuld.

Anna brannte darauf, möglichst bald all diese Gedanken, die sie bewegten, mit ihrem Mann zu teilen.

Amanda Beckmann deutete auf den Grabstein. Eingerahmt von dekorativen Reliefs in Form einer klassizistischen Urne und von Blütenranken, stand da zu lesen:

In memory of Mary Morgan who suffered. April 13th 1805.

He that is without sin among you let him first cast a stone at her.

Das Mondlicht beschien die Inschrift auf dem bemoosten Stein.

»Ja, wer ohne Sünde unter uns ist, der werfe den ersten Stein auf sie«, sagte Anna.

»Wussten Sie, Frau Gontard, dass dieser Grabstein hier erst zehn Jahre nach Mary Morgans Hinrichtung aufgestellt wurde von einem anonymen Stifter? Er steht auf geweihter Erde. Der ursprüngliche Grabstein auf ungeweihter Erde ist verschwunden, aber es gibt Dokumente zum Original. Auf dem ersten Grabstein war demnach zu lesen, dass Mary durch eigene Schuld schwanger wurde, dass sie sündig und schamlos war, dass sie vom Teufel besessen ihren Bastard getötet hat und dass sie danach ohne Reue jeglichen Beistand der christlichen Kirche abgelehnt habe. Der scheinheilige Richter, Judge Harding, der Philosoph und Poet, hat übrigens nach der Hinrichtung ein sentimentales Gedicht über Mary Morgan verfasst. Triefend von falschem Pathos. Mir wurde fast übel beim Lesen.«

»Kommen Sie«, sagte Anna Gontard zu der jungen Frau. »Gehen wir zusammen zurück. Morgen wird es einen anstrengenden Tag geben.«

Sie fragte sich, während sie stumm neben Amanda Beckmann herging, ob sich die ganze Wahrheit bald offenbaren würde.

Die Hortensienbüsche bildeten riesige, bedrohliche Berge. Im Dunkel erahnte Anna die kränklichen, morbiden Farben der Dolden, die schwer im dichten Blätterwerk hingen.

Es gelang Anna nicht, ganz lautlos ins Zimmer zurückzukommen. Eine knarrende Diele hatte genügt, um Friedrich aus seinem nicht sehr tiefen Schlaf aufzuwecken. Annas Bericht löste nicht das Erstaunen aus, das sie erwartet hatte.

»Morgen werden wir wirklich unsere Mienen zu Masken für unsere Herzen machen müssen«, sagte er.

Und äußerlich gelassen erschien das Ehepaar Gontard am nächsten Morgen am Frühstückstisch.

Kapitel 28 | Die Trauerzeremonie

Die Kinder Oliver und Claire sahen heute tatsächlich aus wie ihre literarischen Doppelgänger. Dem feierlichen, traurigen Anlass angemessen waren die Geschwister besonders edel gekleidet, wie es für die Oberschicht Englands immer noch üblich war, auch im Jahr 2005. Andere Länder, andere Sitten.

Oliver trug trotz des sommerlichen Wetters einen dunkelblauen Samtanzug mit weißem Kragen, doch er ließ sich keine Regung von Unbehagen anmerken, ganz das wohlerzogene Kind der Upper Class. Seine Schwester Claire trug ein dunkelviolettes Taftkleidchen mit einer großen Schärpe aus schwarzem Tüll. Die langen Locken waren sorgfältig gedreht und am Hinterkopf teilweise mit einer schwarzen Schleife hochgebunden. Söckchen und schwarze Lackschuhe rundeten das Bild ab. Die Kinder schauten mit großen, ungläubigen Augen auf den weißen Sarg, in dem, wie die Erwachsenen ihnen erklärt hatten, der liebe Grandpa schlief. Durch die bunten Glasfenster von St. Andrew's Church schien die Sommersonne und ließ die üppigen Rosengebinde auf dem weißen Sarg blutrot aufleuchten.

Vor Friedrich Gontards Augen erschienen die Zeilen des Hebbel-Gedichts aus dem Brief, den William Taylor an ihn geschrieben hatte:

Ich sah des Sommers letzte Rose stehn,
Sie war, als ob sie bluten könne, rot;
Da sprach ich schaudernd im Vorübergehn:
So weit im Leben, ist zu nah am Tod.

Die Glasfenster hinter dem Sarg stellten Szenen aus dem Leben des Heiligen dar, welcher der Kirche ihren Namen gegeben hatte: Fischer- und Schifferszenen in kleinen Rosetten, denn St. Andrew war, wie sein Bruder Petrus, in seiner Jugend Fischer gewesen. Die Hauptszene stellte Andreas dar, wie er sein Kreuz trägt, an dem er das Martyrium erleiden sollte: ein Kreuz, aus zwei Querbalken gebildet und das aussah wie ein X.

Friedrich Gontards Gedanken gingen zu dem Toten hin, aber auch zu der anderen Toten, dem Mordopfer. Gab es eine Verbindung zwischen William Taylors Tod und dem von Gwendolyn Blake? Friedrich Gontard kam immer mehr von seiner anfänglichen Vermutung ab, dass Belindas Vater keines natürlichen Todes gestorben war.

Hoffe ich tatsächlich auf ein verräterisches Zeichen, auf eine unbedachte Geste, einen schuldbewussten Gesichtsausdruck? Sollte sich der Mörder verraten wie im Nibelungenlied, wo Siegfrieds Wunde zu bluten beginnt, als sein Mörder, der finstere Hagen, an seinen Sarg herantritt? Oder hoffte er darauf, dass sich wie bei Hamlet im *Spiel im Spiel* die Mörder selbst entlarvten?

Die Liturgie der anglikanischen Kirche sah wenig persönliche Würdigung des Toten vor, und vielleicht war es gut so.

Dies war keine Trauerfeier, wie sie in Deutschland immer mehr in Mode kam, mit der Beteiligung der Angehörigen und Freunde, die zum Teil sogar Anekdoten aus dem Leben der verstorbenen Person vortrugen und die Trauergesellschaft damit manchmal sogar erheiterten. Privates und Persönliches wurde bei William Taylors Beerdigung völlig ausgespart. Nichts von seinen schweren Jahren als junger deutscher Soldat wider Willen, nichts von seiner Liebe zu seiner gemütskranken Frau Phyllis, nichts von seiner Tochter Belinda, seinen Enkelinnen Emma und Virginia, den Urenkeln Oliver und Claire. Nichts von seinem wirtschaftlichen Erfolg.

Musik von Händel, dem deutschen Engländer und englischen Deutschen, umrahmte die Feier:

Ombra mai fu. Das Largo.

Das ergreifende barocke Lied *Bist du bei mir* von Gottfried Heinrich Stölzel wurde im Original eingespielt:

Bist du bei mir, geh ich mit Freuden
Zum Sterben und zu meiner Ruh.

Es war die einzige wirkliche Hommage an diesen Mann, der seine Frau über alles geliebt hatte, aber auch eine Hommage an seine deutsche Herkunft. Anna kamen bei diesem Lied jedes Mal die Tränen, ob sie wollte oder nicht.

Die Trauergemeinde beschränkte sich auf den engsten Familienkreis: Belinda und Roderick, die wie zwei Statuen nebeneinander saßen, daneben ihre beiden Enkelkinder Oliver und Claire, dann Emma und Trevor, ebenso statuesk wie das Ehepaar Charlton. Virginia schaute einmal kurz zu ihrem Schwager auf, der mit flammend rotem Haar und unbeweglicher Miene neben ihr saß.

Anna Gontard hatte diesen flüchtigen Blick bemerkt, der Bände sprach. Hinter den Familienangehörigen hatten Amanda, Maude Thomas und ein älterer Mann mit wettergegerbtem Gesicht Platz genommen, in dem die Gontards den bisher immer in der Ferne wirkenden Gärtner Beaverton vermuteten.

Getrennt durch den Mittelgang saßen Sigmund Bloom und Anna und Friedrich in der Reihe der Freunde der Familie. Mit dabei Dr. Edward Bailey, der Hausarzt der Charltons.

Gegen Ende der Feier wurde die Kirchentür leise geöffnet, und als sich Friedrich Gontard diskret umdrehte, sah er zu seinem Erstaunen Chief Inspector Pinkerton den Kirchenraum betreten. Er ist als Privatmann da, dachte Gontard, denn er hat den Verstorbenen gekannt, wenn auch nur flüchtig.

Die Orgel spielte zum letzten Mal ein Händel-Stück. Die *Sarabande*.

Der Sarg wurde hinausgefahren. Dieses Rumpeln. Anna fürchtete bei jedem Begräbnis diesen Teil der Zeremonie, übertroffen nur noch durch das Herablassen des Sargs ins geschaufelte Grab.

Anna schaute einmal zum Grabstein von Mary Morgan hinüber, und sie spürte Blicke auf sich ruhen. Es war Amanda, die gleichzeitig zum bemoosten Grabstein der Kindsmörderin geschaut hatte und nun zu Anna hinübersah. Und eine andere Person drehte den Kopf zu dem Au-pair-Mädchen um. Es war Emma, und wieder einmal fiel Anna auf, wie sehr Belindas älteste Tochter ihrer Mutter glich. Der englische Frauentyp, fast wie von einem präraffaelitischen Künstler gemalt. Mit den großen traurigen Augen der präraffaelitischen Schönheiten und dem oft ein wenig schmollenden, sogar mürrischen vollen Mund. Ich kenne nun den Grund für deine Traurigkeit, dachte Anna.

Die Gontards hatten in der Nacht beraten, dass sie dem ermittelnden Inspektor nicht mehr guten Gewissens den Fund der Halskette verheimlichen konnten. Die Loyalität zu Belinda und ihrer Familie hatte ihre Grenzen, und früher oder später würde der englische Kollege die Familie Charlton ins Visier nehmen und die Wahrheit herausfinden. Und womit würden die Gontards sich dann rechtfertigen können?

Chief Inspector Pinkerton kam Friedrich Gontard zuvor, denn nachdem die Trauergemeinde langsam und still auf Laburnum House zuging, wo Belinda mit Hilfe einer Cateringfirma ein Essen vorbereitet hatte, blieben die Gontards hinter den anderen zurück.

Pinkerton hatte Gontard ein Zeichen gegeben, dass er ihn zu sprechen wünschte.

»Ich weiß oder ich vermute«, sagte er mit süffisantem Ton, »dass Sie mehr wissen, als Sie angeben, mein lieber Herr … Kollege.«

Das letzte Wort kam recht zögerlich aus Pinkertons Mund.

»Aber vielleicht kann ich Ihrer Kooperation ein wenig auf die Sprünge helfen, indem ich Ihnen meinerseits eine wichtige Mitteilung mache. Sollten wir aber dazu nicht lieber nach Rose Cottage rübergehen?«

Und die Gontards folgten Chief Inspector Pinkerton ins nahe der Kirche gelegene Häuschen des Mordopfers Gwendolyn Blake.

Kapitel 29 | Finanzen

»Auf dem Konto der Ermordeten sind in den letzten drei Monaten jeweils 1000 Pfund eingegangen. Und wir wissen auch, von wem das Geld überwiesen wurde. Der edle Spender war William Taylor, unser verehrter Verstorbener. Können Sie sich erklären, wofür die alte Frau dreimal eine solch große Summe ausgezahlt bekam? Die letzte Überweisung wurde übrigens vier Tage vor Mr. Taylors Tod getätigt.«

Als Friedrich Gontard sich einigermaßen von dieser überraschenden Mitteilung erholt hatte, sagte er: »Wir, meine Frau und ich, möchten nun nicht länger mit den Informationen geizen, die wir Ihnen voraushaben. Wenn plötzlich viel Geld überwiesen wird, dann kann ich aus Erfahrung sagen, dass irgendwie Erpressung im Spiel ist, das wird hierzulande nicht anders sein als bei uns.«

Pinkerton gab seinem kontinentalen Kollegen Recht: »Ja, es ist naheliegend, zu folgern, dass William Taylor von Gwendolyn Blake erpresst wurde, doch welches Druckmittel hatte sie gegen ihn in der Hand?«

Er fuhr fort und wandte sich einem anderen Gedanken zu: »Was den Mord an Gwendolyn Blake betrifft, so hätte William Taylor ein sehr gutes Tatmotiv gehabt, nämlich das, eine Erpresserin loszuwerden. Doch sein Alibi ist nicht übel. Hieb- und stichfest. Es ist das beste Alibi der Welt: Er war schon tot, als die alte Frau ermordet wurde.«

Hier lachte Pinkerton, der mit diesem Witz wieder mal bewiesen hatte, dass er sich auf die Kunst des *black humour* bestens verstand. Sogar die Gontards mussten ein wenig schmunzeln.

»Ich habe da so eine Theorie«, sagte Friedrich Gontard, und er wusste, dass diese Theorie alles andere als abwegig war: »Wie wäre es, wenn William Taylor das Erpressergeld für eine andere Person zahlte, sagen wir: für ein Familienmitglied? Und dass diese Person nach dem Tod von William Taylor hilflos und verzweifelt war und als einzigen Ausweg die Erpresserin tötete, die immer weiter Geld fordern würde, das sie, die erpresste Person, nun nicht mehr zahlen konnte?«

Chief Inspector Pinkerton kratzte sich am Kinn. Tatsächlich, daran hatte er nicht gedacht.

Während des Dialogs der beiden Kriminologen hatte Anna geschwiegen. Plötzlich öffnete sie ihre Handtasche und holte einen Gegenstand heraus, legte ihn auf den kleinen Tisch vor dem Inspektor ab. Im blauen Saphir am Goldkettchen fing sich das Sonnenlicht, ließ den Stein gleißend funkeln.

»Dies war einmal mein Schmuck, Chief Inspector, dann gehörte er Belinda Charlton, der ich ihn vor vielen Jahren geschenkt hatte, und danach trug ihn ihre Tochter Emma Lytton-Jones. Ich habe den Schmuck gefunden, als Sie mit meinem Mann noch mal einen Rundgang im Haus machten. Die Spurensicherung muss ihn übersehen haben. Die Halskette musste zwischen die dicken Polster des Sofas gerutscht sein. Rein zufällig berührten meine Finger einen Teil der Kette. Hier. Ein wichtiges Beweisstück. Vielleicht das wichtigste Beweisstück überhaupt.«

Chief Inspector Pinkerton wollte zuerst ärgerlich hochfahren, doch dann siegte die Genugtuung, ja der Triumph. Es war ein Sieg über dieses schnüffelnde deutsche Ehepaar, den ehemaligen Kripochef und seine Frau. Es war sein Fall, und er würde den Fall zu Ende bringen.

»Wir werden die DNA überprüfen und Vergleiche anstellen«, sagte Pinkerton. »Denn Helen … Doctor Murray … hat Spuren unter den Fingernägeln der Toten gefunden, Hautpartikel. Die alte Frau hat sich offensichtlich gewehrt gegen ihren Angreifer.«

»Oder eher gegen ihre Angreiferin«, gab Friedrich Gontard zu bedenken.

»Ich sehe den Zusammenhang«, sagte Anna. »Ich sehe ihn ganz deutlich.«

Und sie wusste, dass sie Pinkerton nun auch von der nächtlichen Begegnung mit Amanda Beckmann würde erzählen müssen.

Der Chief Inspector schwieg während Annas Ausführungen, und schließlich musste er zugeben: »Ohne Sie beide wäre ich nicht so schnell weitergekommen. Aber wir sind noch nicht am Ende unserer Ermittlungen. Die Überführung durch das Beweisstück steht noch bevor, und mehr noch … das Schuldgeständnis fehlt noch.«

»Wir müssen uns jetzt aber beeilen«, ermahnte Anna ihren Mann. »Man wird uns in Laburnum House schon vermissen.«

»Es war mutig von Ihnen, in der Kirche zu erscheinen«, sagte Friedrich Gontard zu seinem englischen Kollegen.

»Das war Absicht. Ich wollte die Familie etwas beunruhigen. Die Charltons haben so ihre Vorstellung von Familienehre. Polizei beim Begräbnis eines Familienmitglieds! Andererseits kannte ich den Verstorbenen, wenn auch nur flüchtig. Sollte ich nicht als Privatmann zu seinem Begräbnis kommen dürfen?«

»Passen Sie gut auf meinen Schmuck auf, Herr Inspektor«, rief Anna Gontard im Weggehen.

Die Gontards begaben sich zum *Wake*, wie die Engländer den Leichenschmaus nennen.

Kapitel 30 | Das Ende einer Reise

Der Tag nach dem Begräbnis verlief in beinahe unheimlich anmutenden Bahnen.

Chief Inspektor Pinkerton, der versprochen hatte, sich bei den Gontards zu melden, sobald die DNA-Spuren ausgewertet waren, ließ nichts von sich hören.

Anna und Friedrich Gontard sprachen mit Belinda über ihre bevorstehende Abreise. Gleich nach dem Frühstück erhielt Friedrich einen Anruf.

Belinda richtete mit fragendem Gesichtsausdruck aus, der Inspektor habe die Gontards gebeten, nach Rose Cottage zu kommen.

»Was will dieser Mensch immerzu von euch?«, wollte sie wissen.

»Er sucht kollegialen Beistand, denke ich«, sagte Friedrich Gontard.

»Aber Anna, warum auch Anna?«

»Sie hilft mir, wenn mein Englisch versagt«, erklärte Gontard geistesgegenwärtig und überzeugend.

Annas Dilemma, ihre mangelnde Loyalität der Jugendfreundin gegenüber betreffend, war während des Aufenthalts im Hause Charlton ständig gewachsen, und es lastete schwer auf ihrem Gewissen, dass sie nun Belinda auf keinen Fall ins Vertrauen ziehen konnte.

Der Chief Inspector empfing die beiden händeschüttelnd. Damit war er schon zum zweiten Mal über seinen Schatten gesprungen, ein Zeichen, dass er um Solidarität mit den beiden Deutschen bemüht war.

»Die Hautpartikel und die DNA, die auf dem Schmuck gefunden wurde: Sie stimmen überein.«

Nun wusste Anna, dass Emma nicht mehr zu retten war. Sie verspürte großes Mitleid mit ihr, mit ihren Kindern, mit Belinda.

»Ich möchte nicht dabei sein, wenn Sie, Herr Chief Inspector, Emma überführen … und abführen. Dies ist eine unerträgliche Situation.«

Sie verließ Rose Cottage, ohne Pinkerton und ihrem Mann zu sagen, wohin sie sich flüchtete in ihrer Seelennot.

Friedrich Gontard, besorgt wie immer um seine Frau, wollte ihr nacheilen, aber sie wehrte ab.

»Keine Angst. Ich muss nur ein wenig alleine sein. Ich kann Emma unmöglich in die Augen sehen, wenn ihr sie in die Enge treibt. Und Belinda noch weniger.«

Und sie war schon verschwunden.

Kapitel 31 | Die Befreiung

Emma war überrumpelt, als die beiden Kriminologen sie mit den unwiderlegbaren Beweisen ihrer Schuld konfrontierten. Ja, es war ihr Schmuckstück. Ja, sie hatte den Schmuck in jener schrecklichen Nacht verloren. Der Verschluss war schon lange defekt gewesen, hätte sie ihn doch nur rechtzeitig reparieren lassen. Ja, die alte Frau hatte sich gewehrt und sie gekratzt. Wie eine wild gewordene Katze. Emma krempelte die Ärmel ihres dunkelgrauen edlen Sweaters hoch und zeigte die Kratzspuren.

»Es war leicht gewesen, ins Haus zu kommen, denn die Tür war nie verschlossen, das war in ganz Churchfield bekannt. Die Angst, verraten zu werden, ließ mich nicht zur Ruhe kommen. So schlich ich mich mitten in der Nacht heimlich weg. Sie hatte einen leichten Schlaf wie alle Alten, und sie muss mich gehört haben, stand schon in der Küche. Ich wollte sie nicht umbringen, nur zur Räson bringen, ich habe sie geschüttelt, sie angefleht. Und dann waren plötzlich meine Hände an ihrem Hals, und dann … Ich war in panischer Angst, lief durchs ganze Haus, durchwühlte alles, damit es nach Raubmord aussähe. Ich setzte mich kurz aufs Sofa im Wohnzimmer, ganz kurz, ich war außer Atem. Dabei muss sich die defekte Kette gelöst haben, ohne dass ich es gemerkt habe in meiner Aufgeregtheit …«

Sie machte eine Pause und fuhr mit ihrem Bericht fort:

»Ja, ich war verzweifelt, denn Grandpa hatte für mich mehrmals das geforderte Geld überwiesen. Die alte Hexe hatte mich in der

Hand, denn sie wusste von meiner heimlichen Liebe zu Amanda. Sie hat zugegeben, uns einmal belauscht zu haben. Und sie hatte mich beobachtet seitdem und genügend Beweise für meine Neigung gesammelt, wie sie sagte. Sie drohte, das Geheimnis in ganz Churchfield öffentlich zu machen. Aber ich wollte meine Familie nicht verlieren. Vor allem nicht meine Kinder. Bei dem ungeliebten Ehemann wäre ich sogar geblieben, um jeden Preis. Diesem Ehemann, der eine Enttäuschung war, ein verpfuschter Künstler, der seine Familie nicht ernähren konnte und der mich in finanzielle Abhängigkeit von meinen Eltern und meinem Großvater brachte. Die Kinder! Oliver und Claire zuliebe durfte mein Geheimnis nicht offenbart werden.«

Emma pausierte, fügte fast trotzig hinzu: »Man könnte mir vorhalten, dass ich als moderne Frau mich hätte lösen können aus dieser Abhängigkeit. Das ist leichter gesagt als getan, auch heutzutage noch. Und unsere sogenannte tolerante Gesellschaft hat ihre eigenen Mittel, Andersfühlende ins Abseits zu stellen. Von Toleranz sind wir doch noch weit entfernt, vor allem in einem Ort wie Churchfield. Und nicht nur in Churchfield. Schauen Sie sich unsere angeblich tolerante Gesellschaft doch einmal an. Gwendolyn Blake wusste von meiner Abhängigkeit. Und es war ihre Trumpfkarte. Es kam auf einen Versuch an, und der Versuch gelang.« Wieder machte Emma eine Pause, führte ihre Hände an die Schläfen, als habe sie starke Kopfschmerzen. Sie fuhr fort, und ihre Stimme klang brüchig und als wolle sie ein Schluchzen unterdrücken: »Ach, vielleicht war es nur Bequemlichkeit, die mich bewog, zu bleiben. Nein, es war Feigheit, die reinste Feigheit, auf die Erpressung einzugehen.« Sie strich sich fahrig über die Stirn und fuhr fort: »Und dann gab es auf einmal kein Zurück mehr. Grandpa war das ideale Opfer, der ideale Verbündete der Erpresserin, denn ihm war ja so sehr daran gelegen, das ›schlimme Geheimnis‹ zu wahren. Seine Gründe waren andere als meine. Altmodische Moralbegriffe waren es, die ihn bewegten.

Eine sündhafte Verirrung nannte er meine leidenschaftliche Zuneigung zu … zu dem Mädchen. Und der Familienehre zuliebe hätte er bis in alle Ewigkeit das Erpressergeld bezahlt. Aber er war alt und krank und starb. Sein Tod war für mich eine doppelte Katastrophe. Ich hätte der Erpresserhexe keinen Penny überweisen können. Und ich habe Grandpa geliebt, ich war seine Lieblingsenkelin. Für mich hätte er alles, aber auch alles getan. Virginia hat er nie akzeptiert«, rief Emma aus, und nun kam der ganze Hass auf ihre Schwester zum Vorschein, die ihr nicht nur die Zuneigung der Kinder gestohlen hatte, sondern auch die ihres Mannes. »Wir haben uns einmal geliebt, Trevor und ich. Am Anfang. In den ersten Jahren unserer Ehe … Ja, so war es, auch wenn mich vielleicht keiner versteht.«

Emma redete sich immer mehr in Rage, der Dammbruch war nicht mehr aufzuhalten.

»Und dann diese Deutsche, die meine Liebe nicht erwidert hat. Sie hat meine Briefe einfach ignoriert. Hatte nur Augen für meine Schwester. Ich hasse sie beide, Virginia und Amanda.«

Hier machte Friedrich Gontard wieder einmal, wie so oft während seiner vielen Dienstjahre als Chef der Kripo Ludwigshafen, die Erfahrung, dass bei den meisten Beziehungstaten große Liebe in großen Hass umschlagen konnte. Zerstörerisch und todbringend.

»Nur eines ist für mich eine Beruhigung« rief Emma leidenschaftlich aus: »Amanda hat das Gleiche erleben müssen wie ich. Sie wurde kalt abgewiesen von ihrem Objekt der Liebe. Und meine Schwester darf nun Trevor für sich haben. Da tut sie mir fast leid.«

Emma lachte ein seltsames Lachen, ließ resigniert den Kopf hängen, streckte dem Inspektor beide Hände entgegen und ließ sich widerstandslos abführen.

Sie drehte sich zu Friedrich Gontard um und sagte: »Ich fühle mich so frei auf einmal. Ist das zu verstehen?«

»*I know what you mean*«, antwortete Chief Inspector Pinkerton stellvertretend für seinen deutschen Kollegen. Er nahm die junge Frau behutsam am Arm und führte sie hinaus.

Friedrich Gontard machte sich auf die Suche nach Anna und fand sie schließlich im Labyrinth, wo sie schon auf ihn wartete.

Kapitel 32 | Ende gut alles gut

Ein Vierteljahr nach den dramatischen Ereignissen in Churchfield bekamen die Gontards einen Brief von Belinda Charlton.

Liebe Anna, lieber Friedrich,

ich habe nach eurer Abreise nichts von mir hören lassen, weil ich euer Verhalten zunächst als großen Vertrauensbruch ansehen musste. Wie könnte es anders sein?

Heute, drei Monate nach den schrecklichen Ereignissen, sehe ich einiges anders und milder. Der zeitliche Abstand hat mir die Augen geöffnet, und es ist mir nun bewusst, dass ihr gar nicht anders hättet handeln können. Ihr habt lange genug versucht, belastende Fakten von der Polizei fernzuhalten. Doch es ist weder meine Absicht, der Wahrheit aus dem Wege zu gehen, noch hätte ich mit einer Lüge, nämlich mit dem Wissen um ein Verbrechen, leben können. Und Emma selbst wäre früher oder später unter der Last ihres Gewissens zusammengebrochen. So gut kenne ich meine Tochter. Sie ist keine kaltblütige Mörderin. Sie muss sich nach Vaters Tod wie ein in die Enge gedrängtes Tier gefühlt haben. Eine Verzweifelte, eine Abgewiesene. Einsam in ihrer Verzweiflung.

Hier in Churchfield, hier im Hause hat sich vieles verändert. Amanda Beckmann ist bald nach euch wieder nach Deutschland abgereist. Sie führt in Heidelberg ihr Studium fort. Virginia und Trevor wohnen nicht mehr hier. Sie wollen neu anfangen, zusammen mit den Kindern, und haben eine Farm ganz oben im Norden gekauft. In Lancashire im Lake Distrikt. Sie wollen dort Schafe züchten. Trevor möchte sich nun intensiver als vorher und ungestört seiner Malerei widmen. Er hat mir vor der Abreise gesagt, er glaube fest daran, endlich seinen eigenen Malstil finden zu können. Virginia sei seine Muse, ermutige ihn zu eigenem Schaffen. Oliver und Claire, habe ich erfahren, sind sehr glücklich da oben in der herrlichen Gegend zusammen mit ihrem Vater und der geliebten Tante und den vielen Tieren. Virginia hatte sich ja schon immer mehr als Emma um die beiden gekümmert. Sir Percival ist mitgezogen, eine Art Souvenir von Grandpa William. Roderick und ich haben beschlossen, uns zu trennen. Endlich. Eigentlich 40 Jahre zu spät. Obwohl … ich hätte keine Töchter, keine Enkel … ohne ihn. Ich besuche Emma im Gefängnis, sooft ich kann. Sie wird voraussichtlich ein mildes Urteil bekommen. Tötung aus Verzweiflung: Gibt es diesen Passus im Gesetz? Ich hoffe es.

Laburnum House steht immer offen für euch. Auch für Lilli und ihren Mann Fabrice und für eure Enkelkinder Fredi und Lotta.

Wenn ihr das wollt. Wenn die Erinnerung an das Schreckliche, das hier passiert ist, verblasst sein wird.

Roderick hat sich eine Wohnung in London gekauft. Ich bleibe hier, bei Vater. Die englischen Gräber erfordern, wie ihr wisst, keine Pflege wie die Gräber in Deutschland. Die Toten deckt der grüne Rasen. Kein Blumengießen. Nur ein Grabstein mit einer Inschrift.

Es wird aber eine andere Veränderung in meinem Leben geben. Edward, also Dr. Bailey und ich, wir werden bald zusammenziehen. Mein Haus ist also nicht so einsam, wie es scheint.

Ich weiß von ihm übrigens, dass Vaters eigentliche Todesursache ein unheilbares, schnelles Krebsleiden war, das er vor uns allen geheim halten wollte. Um uns zu schonen? Keiner wird je den Grund herausfinden. Seine Vorliebe für melancholische deutsche Lyrik, all das ergibt nun im Nachhinein einen Sinn. War es Todessehnsucht, war es eine Art Überdruss, war es die Ausweglosigkeit einer unheilvollen Krankheit, die aus dem lebensfrohen Mann einen Grübler machte?

Warum nur hat Vater euch unbedingt sehen wollen? Der wahre Grund war vielleicht sein Heimweh nach Deutschland. Oder war es wirklich der Wunsch, euch ins Vertrauen zu ziehen, was die »schlimme

Verirrung« seiner Enkelin Emma betraf und die daraus resultierende Erpressung durch Gwendolyn Blake? Auch das werden wir nie mehr genau erfahren. Edward gestand mir, dass er für eine Weile den Verdacht hatte, Vater würde vergiftet werden durch Goldregensamen. Es gab eine Zeitlang gewisse Symptome, die darauf hindeuteten, die aber letztendlich im Zusammenhang mit Vaters tödlicher Krankheit zu verstehen waren.

Nun bleibt mir nur noch, euch gute Tage zu wünschen, bis wir uns hoffentlich einmal wiedersehen.

Genießt die schöne Zeit mit euren beiden Enkelkindern. Genießt die Zeit miteinander.

In Liebe Eure Belinda.

P.S. Ich möchte nicht versäumen, euch sehr herzlich von Sigmund Bloom zu grüßen. Er ist ein häufiger Gast in meinem Haus. Sein Geist ist wacher denn je, aber körperlich wird er immer gebrechlicher. Er spielt leidenschaftlich gerne Schach mit Edward. Und neulich zitierte er, wie es so seine Art ist, im Rückblick auf die Ereignisse in Churchfield, den Spruch von Schiller: »Denn mit des Geschickes Mächten ist kein ew 'ger Bund zu flechten.«

Ja, alles ist offen, nicht wahr? Bleibt vor allem gesund, liebe Freunde.

Kapitel 33 | Postskriptum

Kurz vor Weihnachten fuhren Anna und Friedrich Gontard in die Südpfalz, wo sie mit Tochter Lilli, ihrem Mann Fabrice und den Enkelkindern Fredi und Lotta die Festtage verbringen würden.

Im Gepäck waren viele Geschenke, unter anderem noch Souvenirs aus England für die beiden Kinder: zwei Kinderbücher von Beatrix Potter und Plüschtiere, der Hase *Peter Rabbit* und der Bär *Winnie the Pooh*, ein *Paddington-Bear*-Hütchen in Knallrot für Lotta und eine blaue Kappe mit Monstermotiven für Fredi. Er war ganz und gar in der *Batman* und *Spiderman*-Phase.

Als der Gontardsche VW-Bus in Klingenmünster um die Ecke am Augustinerkloster bog, kam plötzlich ein Hund über die Fahrbahn gelaufen und wäre beinahe von den Rädern erfasst worden. Gontard bremste, fuhr zur Seite, stieg aus, Anna hinterher. Zum Glück war der Hund nicht verletzt, zitterte aber heftig und hechelte.

»Der Streuner«, rief ein Mann von der gegenüberliegenden Seite. »Der gehört niemand. Der streift seit Tagen hier durch die Gegend. Er lässt sich nicht einfangen. Ich wollte schon das Tierheim anrufen.«

Anna und Friedrich Gontard sahen sich an, Gontard öffnete die Seitentür seines VW-Busses. Beide hoben den immer noch zitternden und schnell atmenden Hund hoch, legten ihn vor dem Sitz ab.

Anna und Friedrich Gontard sprachen sanft auf das abgemagerte und verängstigte Tier ein, streichelten es. Der Hund beruhigte sich allmählich. Jetzt erst betrachteten sie den Hund genauer: Er war ein schwarzer Labradormischling mit weißen Pfoten und mit einer weißen Zeichnung vorne auf der Brust, die aussah wie ein Stern. Auch die Schwanzspitze war weiß.

Anna deutete auf ein kleines Metallschild, das der Hund am Halsband trug.

*Oskar. *12.2.1998.*

»Oh, er ist sieben Jahre alt. Genau richtig«, sagte Anna. »Er würde gut zu uns passen. Ich schenke ihn dir zu Weihnachten.«

»Oskar mit k«, sagte Friedrich Gontard. »Oder lieber Oscar mit c, wie Oscar Wilde? Ich nehme das Geschenk an, Anna.«

Anna lachte: »Soll er nun Oscar mit c oder Oskar mit k heißen?«

»Ich glaube, das ist ihm egal. Man hört ja nicht den Unterschied, wenn man ihn ruft. Stimmt's, Oscar?«

Worauf das Tier hochblickte und freudig mit dem Schwanz wedelte.

Der VW-Bus fuhr am Café Rosinchen vorbei in Richtung Niederzell, wo Anna und Friedrich Gontard schon sehnsüchtig erwartet wurden.

»Nun bin ich doch noch zu einem Hund gekommen«, sagte Friedrich Gontard. » Danke, liebe Anna.« So glücklich hatte Anna Gontard ihren Mann schon lange nicht mehr gesehen.

P.S. Wie es sich gehört, gaben die Gontards eine Anzeige in der Zeitung auf, einen entlaufenen Hund betreffend. Doch es meldete sich niemand.

Bibliographie

C. Lanfranconi/S. Frank
Die Damen mit dem grünen Daumen
Berühmte Gärtnerinnen
Verlag Elisabeth Sandmann 2009

Vita Sackville-West
The Edwardians
Virago Modern Classics, reprinted 1983

Susanne Amrain
So geheim und vertraut
Virginia Woolf – Vita Sackville-West
Suhrkamp 2006

Sissinghurst Castle and Garden
A National Trust Brochure 2014

Einige Anmerkungen der Autorin:
Die historische Gestalt der Kindsmörderin Mary Morgan habe ich in dichterischer Freiheit von Presteigne/Wales ins fiktive Churchfield/Kent versetzt.

Angaben zu den *prisoners of war* und zum Internierungslager Gurs/Südfrankreich verdanke ich unserem lieben Freund Herbert Peter Paisley (Somerton/Somerset), ehemals Herbert Peiser.
Ihm möchte ich auch diesen 10. Gontard-Krimi widmen.
Peter verstarb im März 2020 in Somerton/Somerset im Alter von 98 Jahren.

Er war Berliner Jude, Überlebender des Holocaust (Gurs) und heiratete eine Engländerin, mit der er drei Söhne hatte. Meine Romanfigur Sigmund Bloom trägt Züge von Peters Wesensart.

Die Autorin

Lilo Beil wurde im südpfälzischen Klingenmünster geboren. Die Pfarrerstochter verbrachte Kindheit und Jugend in Dielkirchen bei Rockenhausen und in Winden bei Landau. Ab 1966 studierte sie in Heidelberg Romanistik und Anglistik. Sie unterrichtete von 1972 bis Januar 2008 an der Martin-Luther-Schule in Rimbach bei Heppenheim an der Bergstraße. Die Autorin hat drei Töchter und drei Enkelkinder. Sie lebt mit Mann und Hund im vorderen Odenwald.

Seit frühester Jugend interessierte sich Lilo Beil für Literatur und Kunst. Ihr liegt, sagt sie, das Satirische, aber es finden sich in ihren Geschichten genauso romantische und nostalgische Elemente, Spannungsmomente und die kritische Auseinandersetzung mit Geschichte und Gesellschaft. Gelobt wird außerdem immer wieder die klare, sorgfältige Sprache.

1997 erschien »Maikäfersommer – Eine Pfälzer Kindheit in den 50er Jahren« im Verlag Pfälzer Kunst/Dr. Blinn. Weitere Erfolge wie die Aufnahme ihrer Kurzgeschichte »Der Nussknacker« in eine Anthologie des Rowohlt-Verlages ermutigten Lilo Beil. 1999 veröffentlichte sie unter dem Titel »Sonnenblumenreise« Geschichten für Reisende und Nichtreisende; 2002 folgte der Krimiband »Heute kein Spaziergang. 43 Krimigeschichten«. 2005 erschien ihre Geschichtensammlung »Schattenzeit«. 2006 folgte eine zweite Ausgabe »Maikäfersommer und andere Geschichten aus Pfalz und Kurpfalz« in der Edition Tintenfaß. 2010 erschien die erweiterte Taschenbuchausgabe »Maikäfersommer – Kindheitsgeschichten« im Conte Verlag. Kommissar Gontard ermittelte erstmals 2007 in »Gottes Mühlen«, 2008 und 2009 folgten »Das Licht unterm Scheffel« und »Die schlafenden Hunde«, 2011 »Die Nacht der grauen Katzen«, 2012 »Die Mauern des Schweigens«, 2014 »Das gläserne Glück« und 2015 »Die Reise des Engels«. 2010 erschien der erste Krimi um Charlotte Rapp »Die Kinder im Brunnen«, 2013 »Mord auf vier Pfoten – 22 tierische Krimigeschichten«, 2016 »Vielleicht auch träumen« (Charlotte Rapp II) und 2018 der Krimi »In kindlicher Liebe« (Charlotte Rapp III). Zuletzt erschien 2019 »Mädchen im roten Kleid«. Im Übrigen beteiligt sich Lilo Beil an zahlreichen Anthologien mit Kurzprosa – Krimis und Nicht-Krimis gleichermaßen. So ist sie in mittlerweile siebzehn Anthologien des Wellhöfer Verlages vertreten.

Lilo Beils Krimis im Conte Verlag

Lilo Beil

Gottes Mühlen

Kommissar Gontards erster Fall

184 Seiten
ISBN 978-3-936950-49-6
9,90 €

Kein schonungsloser Nervenkitzel, sondern intelligente Spannung, die zum Nachdenken anregt, weit über Ort und Zeit hinweg.
Bonner General-Anzeiger

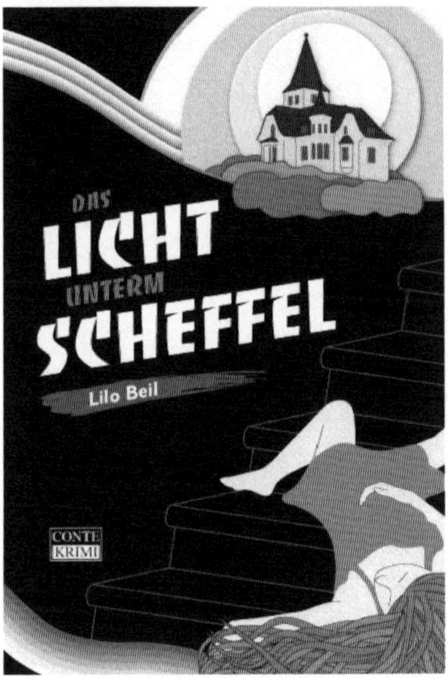

Lilo Beil

Das Licht unterm Scheffel

Kommissar Gontards zweiter Fall

178 Seiten
ISBN 978-3-936950-72-4
9,90 €

Intelligenter Krimi mit außergewöhnlicher Handlung.
Odenwälder Zeitung

Lilo Beils Krimis im Conte Verlag

Lilo Beil
Die Mauern des Schweigens

Kommissar Gontards fünfter Fall

210 Seiten
ISBN 978-3-941657-60-1
11,90 €

Trotz des hohen Unterhaltungswerts steht die Botschaft des Buches deutlich im Raum. Geschieht Unrecht, gilt es, ›Die Mauern des Schweigens‹ zu durchbrechen. Die Rheinpfalz

Lilo Beil
Die Kinder im Brunnen

204 Seiten
ISBN 978-3-941657-10-6
11,90 €

Dieser packende und bis zum Schluss spannende Krimi geht unter die Haut.
Marburger Neue Zeitung

Lilo Beils Krimis im Conte Verlag

Lilo Beil
Das gläserne Glück

252 Seiten
ISBN 978-3-95602-012-4
11,90 €

Es ist wie meistens bei dieser Autorin, man liest einen unterhaltsamen, lebensklugen Krimi, die besondere Note gibt dem Buch aber erst die kritisch reflektierte Zeitgeschichte.
Mannheimer Morgen

Lilo Beil
Die Reise des Engels

200 Seiten
ISBN 978-3-95602-054-4
11,90 €

Beil verknüpft in diesem Krimi das Kolorit von drei Epochen zu einer gelungenen Mischung aus Spannung und Zeitgemälde.
Weinheimer Nachrichten

Lilo Beils Krimis im Conte Verlag

Lilo Beil
Vielleicht auch träumen

170 Seiten
ISBN 978-3-95602-086-5
11,90 €

Einmal mehr stellt die Schriftstellerin in ihrem neuen Roman ihr besonderes Gespür für die Menschen und ihre Eigenarten unter Beweis.
Rhein-Neckar-Zeitung

Lilo Beil
Ein feste Burg

188 Seiten
ISBN 978-3-95602-112-1
11,90 €

Besonders macht diesen Krimi erneut die literarische Gestaltung: Lilo Beil, die den Roman als eher unkonventionellen Beitrag zum Luther-Jahr versteht, strukturiert ihn gekonnt mit christlichen Motiven und Symbolen …
Mannheimer Morgen

Lilo Beils Krimis im Conte Verlag

Lilo Beil
In kindlicher Liebe

166 Seiten
ISBN 978-3-95602-135-0
11,00 €

Gerade der Kontrast zwischen Idylle und Grauen hat mich gereizt. Bei mir ein nicht seltenes Muster
Starkenburger Echo

Lilo Beil
Mädchen im roten Kleid

180 Seiten
ISBN 978-3-95602-181-7
12,00 €

Ein kurzweiliger Krimi mit Anregung zum Nachdenken.
Lesekost.de